SO GUT WIE TOT

von

Christopher Thiele

Für das schönste Mädchen, das ich kenne

354!

Der Weg zu sich selbst,
ist meist länger und beschwerlicher,
als der Rückweg zu dem, was man war,
als der Weg zu einem Ziel,
als der gemeinsame Weg zu zweit.

"Ich kann Ihnen nicht mit Sicherheit sagen, dass sich die Geschichte meines Vaters genau so zugetragen hat, wie ich sie beschrieben habe.

Aber ich möchte es gerne glauben..."

Herstellung und Verlag:
BoD - Books on Demand, Norderstedt
ISBN 978-3-7412-2858-2

BROMBEEREIS

Stille.

Dies war mit Abstand das schönste und zugleich abstoßendste, dass er je zuvor gesehen hatte. Fahl, kalt und vom Mondlicht beschienen, lag dort ein Mensch auf dem Boden, den Kopf in seltsamem Winkel vom Oberkörper abgespreizt. Seine Hände lagen weit von sich gestreckt, die eine auf einem Haufen aus frischer Muttererde, die andere zur Faust geballt. Er war sich nicht sicher, ob er je etwas gesehen hatte, das eine größere Harmonie aufwies. Der tote Körper dieses Menschen, und der Glanz in seinen Augen, als ob ihn etwas sehr erregt hatte, Sekunden bevor er von dieser Welt verschwand, hinterließen einen eigentümlichen Eindruck in der Seele des Betrachters.

Der Betrachter war Charles oder auch Charlie, wie ihn seine Freunde nannten. Auf seine Mitmenschen wirkte er meist ruhig, besonnen und doch irgendwie autistisch. Er hatte halblange braune Haare, trug keine Brille und war schlank, nicht übermäßig groß und breit aber doch stabil gebaut. Er wirkte gestählt und kampferprobt. Gelassen. Charlie war 33 Jahre alt und wusste genug vom Leben, von seinem Job, um zu wissen, dass man bei einer solchen Leiche nicht den Kopf verlieren musste. Er erhob sich langsam. Sorgsam hatte er etwas Erde aus dem Beet, in dem der Tote lag, in seine Hand aufgenommen, führte diese nun zu seinem Gesicht und schnupperte daran. Er war sich nicht sicher, weshalb es ihn so sehr erregte, aber möglicherweise war es der Kontrast aus lebendigem erdigen Wurzelwerk und der Sinfonie des Todes vor seinen Füßen. Er musste grinsen, denn ihm war natürlich völlig klar, dass "Sinfonie" möglicherweise nicht der richtige Ausdruck an dieser Stelle war, ist sie es doch, die verschiedenste Melodien und Themen sorgsam miteinander verbindet und aus ihr eine größere, höhere Komposition schafft. Charlie blinzelte. Erneut kniete er sich neben die Leiche in den weichen, erdigen Boden und fuhr mit der Hand über die Stirn des Toten. Seine Haut war kalt und verquollen. Sie hatte sich entfernt, von der warmen Hülle, die sie ihrem

Träger einst gewesen war, und hin gewandelt zu einer matten, kühlen Schicht Wachs, die sich über den knochigen Körper spannte.

"Wie würden Sie denken sieht er aus? Eher ruhig oder aufgewühlt? Eher gefasst oder erschrocken? Wie würden Sie denken sieht er aus?" Charlie sah auf. Hinter ihm stand, völlig korrekt und adrett gekleidet, eine ältere Frau, die allerdings noch nicht lange im Geschäft war. Ihre zarten Falten hoben sich aufgrund ihres vor Abscheu gespitzten Mundes deutlich hervor und ihre Augen warteten zusammengekniffen auf eine Antwort von Charlie. Und doch hatte der Tonfall der Frau Charlie zu denken gegeben. Ihre Worte waren mehr ein Hauch gewesen, ein leiser Luftzug, als ob sie zu sich selbst gesprochen hatte. Als ob sie etwas mit der Leiche verband, eine bestimmte Emotion. Er bekam Angst, dass sie womöglich unter Schock stand, beim Anblick dieser Leiche kein Wunder, wie Charlie naserümpfend feststellte. Er räusperte sich und dachte insgeheim, dass er es begrüßen würde, wenn sie ihm noch etwas Zeit geben würde. Als ob sie geahnt hatte, was er gerade dachte, verschwand sie und ließ Charlie erneut in Stille zurück. Doch dieser Moment der Ruhe, den er so gerne gehabt hätte, für sich, für die Leiche, für seine Arbeit, war nur von kurzer Dauer:

Er tat erneut sich mit fast liebevoller Miene an der Leiche gütlich und wollte sich nun mit ihrer Kleidung beschäftigen, als knatternd und fauchend zwei große Leuchtscheinwerfer aufleuchteten und die Symbiose von Leben und Tod, von Licht und Schatten zerstörten. Empört erhob sich Charlie. Sie ließen ihn tatsächlich nicht in Ruhe arbeiten.

Im hellen, sterilen Licht der Scheinwerfer konnte er deutlich verschiedene Wunden an den zum Teil nackten und nicht von Kleidungsstücken bedeckten Stellen des Oberkörpers erkennen. Mittlerweile dunkle Blutergüsse, ein paar gebrochene Rippen, erkennbar durch kleine Ausbuchtungen an der Außenhaut, an denen sich der geborstene Knochen in das Fleisch bohrte. Für Charlie war klar, dass dieser

Mann einem Gewaltverbrechen zum Opfer gefallen war. Durch stumpfe Gegenstände, Keine Klingen, keine Sägen, kein spitzer Dolch etwa. Nein, es schien eine Tat gewesen zu sein, mit der dieser Mann nicht gerechnet hatte, denn kein Mensch, der aus seinem Leben gerissen wird, hat glänzende Augen. Weshalb auch? In froher Erwartung des kommenden Himmelreichs? Davon hielt Charlie nichts. Er wusste um die Macht der irdischen Dinge. Schon wollte er sich niederbeugen, um nachzusehen, ob die Todesstarre schon eingesetzt hatte, als ihn der Klang einer wohlvertrauten Stimme herumfahren ließ:

"Was denken Sie denn nun? Wie ist sein Gesichtsausdruck einzuordnen, was soll ich aufschreiben? "Charlie drehte sich herum und musterte Elizas hartes Gesicht. Um ihren zusammengekniffenen Mund hatten sich ringförmige Fältchen gebildet, ihre Wangen waren leicht hohl, so dünn war sie und ihr blondes Haar fiel ihr in leichten, spröden Wellen um die Schultern. Sie sah recht alt aus und strahlte doch etwas aus, das Leidenschaft bedeutete, etwas das jeden Mann erregte, der in ihre Nähe kam. Es waren ihre Augen. Sie funkelten in einer solchen Wucht, dass es Charlie heiß und kalt wurde. Gerade wollte er den Mund aufmachen, als in seinem Rücken eine männliche Stimme antwortete: "Eher erschreckt, würde ich sagen. Er sieht verblüfft aus. Er hat sicherlich nicht damit gerechnet, dass das passierte, was da passierte - was auch immer es war. Aber als ruhig und gefasst würde ich diesen Ausdruck nicht bezeichnen." Die letzten Worte waren fast in leisem Wimmern, leisen Schluchzern untergegangen, Charlie fuhr herum und sein alter Freund Phil setzte hinterher: "Selbst als er noch am Leben war, war er selten ruhig und gefasst... "

Charlie war verblüfft. Phil kannte diesen Typen? Er war mit Phil befreundet, seit sie in der Grundschule zusammen eine Nacht auf dem schuleigenen Speicher verbracht hatten, weil der Hausmeister sie eingeschlossen hatte. Es hatte geregnet und auf dem Speicher waren nur muffige alte Decken gewesen und zwei Bücher. Weil es in der Nacht immer kälter wurde, hatten sie sich eng aneinander gekuschelt und in die alten Decken gewickelt hingesetzt und sich gegenseitig aus den Büchern vorgelesen. Was zunächst als Zweckgemeinschaft gedacht gewesen war, wurde bald zu einer engen Freundschaft.

Etwas das Charlie oft mit seiner Beziehung zu Brombeer-Eis verglich. Jeder Mensch liebt es Eis zu essen, besonders Charlie liebte es. Man kann im Grunde gar nicht genug davon bekommen. Und Charlie konnte es schon gar nicht. Sogar nach langen Familienessen, bei denen es gefährlich wurde weiter zu essen, ohne sofort platzen zu müssen, kam einem die Kugel Eis danach immer wie eine willkommene Abwechslung vor, etwas auf das man sich gefreut hatte, etwas, für das alles andere in den Hintergrund rückte und zur Nebensache wurde. Oder an Tagen an denen man glaubte, ertrinken zu müssen in dem Strudel aus Stress, Ärger und Enttäuschung, den einem das Leben regelmäßig vorsetzt, wirkte die Kugel Brombeer-Eis wie die rettende Boje der Erfrischung. Etwas, das man sich wünscht und etwas von dem man, hat man es einmal geschmeckt, nie mehr loskommt. Solch eine Beziehung war die Freundschaft zu Phil gewesen, der jetzt, leicht untersetzt und mit tiefliegenden Augen traurig auf den Toten zu ihren Füßen hinblickte. "Er wird mir fehlen! Er war solange für mich da! Was soll ich nur ohne ihn machen? Gerade jetzt..."

Nun war Charlie vollkommen verwirrt. Er hatte, so schätzte er, in den vergangenen fünf Jahren niemanden kennengelernt, der in Phils Augen eine ähnlich große Wertschätzung erfuhr, wie er selbst. Wenn Phil diesen Menschen also so gut kannte, musste er ihn folglich auch sehr gut kennen, denn jede freie Minute, zumindest in diesen letzten 5 Jahren, hatte er mit Phil verbracht. Gerade wollte er ihn die Stirn runzelnd fragen, woher er diesen Mann kenne, als sein Blick noch einmal auf das nun völlig ausgeleuchtete Gesicht des Toten fiel. Er beschloss seine Frage vorerst für sich zu behalten und beugte sich stattdessen erneut über ihn. Viel war nicht zu erkennen. Der Anblick erinnerte ihn an eine Kriegsdokumentation über ein Minenfeld, die er erst kürzlich gesehen hatte. Aus der verschwollenen Maske, die einmal sein Gesicht gewesen sein musste, blickten ihm nur noch kalte und starre Kugeln entgegen. Ihrer Farbe in den letzten Stunden beraubt, sahen sie nun aus wie Stecknadelköpfe, die aus einem Nähkissen heraustachen.

Phil musste mit dem Anblick dieses Menschen und seiner eigentlichen Gesichtskontur unheimlich vertraut gewesen sein, denn Charlie hatte durchaus Schwierigkeiten eine Ebenmäßigkeit, geschweige denn eine Regemäßigkeit in den Zügen des Mannes am Boden auszumachen. Blau war die beherrschende Farbe in der Hügellandschaft oberhalb des Halses, die einmal ein Gesicht gewesen war. Insofern, das wurde Charles nun klar, war auch die Frage Elizas, die sich mittlerweile erneut entfernt hatte, welchen Ausdruck er auf dem Gesicht ausmachen könnte, recht makaber. Ob sie es mit Absicht getan hatte? Charlie holte tief Luft und ging einige Schritte fort von dem Objekt seiner Untersuchungen und setzte sich auf eine in der Nähe stehende Parkbank. Er seine Jacke zurecht und lehnte sich zurück. Mit müdem Blick betrachtete er die Sterne, die vorhin, vor den großen Scheinwerfern, weitaus heller zu leuchten schienen als jetzt. Er atmete tief ein. Und seufzte. Er sah sich um. Die vor kurzem eingetroffenen Mitarbeiter der Spurensicherung waren eifrig am Werk, den Tatort abzusperren. Den ganzen Stadtpark hatten sie abgeriegelt, alle Fußgängerwege blockiert. Sie hatten getan was sie konnten, um eine große öffentliche Reaktion zu verhindern. Das wäre nicht förderlich gewesen. Massenpaniken aufgrund von Mordfällen in öffentlichen Parks kamen in Charlies Rangliste der meistverhassten Ereignisse gleich hinter Tsunamis in Indonesien und Erdbeben in Chile, die Tsunamis in Indonesien auslösten.

Sie hatte oft über Indonesien berichtet. Charlies Ex-Frau, Isabella, eine herzensgute Mutter, hervorragende Köchin und leidenschaftliche

Journalistin. Das war auch einer der Gründe für das Zerwürfnis gewesen. Die Aussicht, in ständiger Begleitung der englischen Botschafterin von Brennpunkten der asiatischen Gesellschaftsformen zu berichten, schien ihr eine größere Verlockung gewesen zu sein, als zusammen mit Charlie, der im Übrigen nie da war und nur Zeit für seine Arbeit hatte, ihre gemeinsame Tochter großzuziehen. Eines Tages war Bella einfach gegangen. Phil, der auch mit ihr gut befreundet gewesen war, hatte sie zum Flughafen gebracht, ein Umstand, den Charles ihm lange nicht verzeihen wollte, es schließlich aber dennoch tat, weil die Freundschaft überwog. Sein Abschweifen bemerkend und realisierend, dass er sich sowohl in Bezug auf den Grund der Trennung als auch in Bezug auf die Eigenschaften seiner Ex-Frau etwas vormachte, konzentrierte sich Charlie wieder auf seine Umgebung, die immer mehr, ähnlich einem Bienenstock vor der Pollen-Ernte, in hektische Betriebsamkeit geriet. Er sah zu, wie rings um die Leiche kleine Schilder mit Nummern aufgestellt wurden, zur Spurensicherung. Er fragte sich allerdings, wer das veranlasst hatte, denn er war noch lange nicht am Ende mit seinen Untersuchungen. Er fragte sich, ob ihm überhaupt jemand zuhörte in dieser Welt. Phil weinte noch immer. Langsam und behutsam erhob er sich und ging zu ihm hinüber, doch kurz bevor er ihm seine Hand auf die Schulter legen konnte, schnäuzte sich Phil einmal laut und entfernte sich rückwärtsgehend vom Ort des Verbrechens. Charlie verdrehte die Augen. Er war sich sicher, dass er heute Nacht nicht mehr schlau werden würde aus seinem besten Freund. Er war sich sicher, dass die Untersuchungen noch die ganze Nacht dauern würden. Ihn fröstelte. Es hatte zu schneien begonnen. Die ersten Schneeflocken zeichneten sich dumpf auf der kühlen Gesichtshaut des Toten ab und blieben daran hängen. Sie schmolzen nicht, denn die Haut hatte nun in etwa dieselbe Temperatur erreicht, wie der frische, erdige Boden, auf dem die Leiche ruhte.

Weil es so kalt war, ballte Charlie die Hände zu Fäusten und öffnete sie wieder. Er wollte sein Blut zirkulieren lassen und so wenigstens ein bisschen Wärme in seine klammen Finger leiten. Zitternd tastete Charlie nun erneut nach der Leiche. Er berührte ihren Oberkörper. An einigen Stellen drückte er leicht gegen den leblosen Körper, um eventuelle innere Verletzungen ein- und abschätzen zu können. Jedes Mal wenn sein Zeige- und Mittelfinger die Haut des Toten nicht mehr berührte, blieben für einen kurzen Zeitraum leichte Druckstellen zurück. Für Charlie ein Zeichen des Verfallsprozesses, der längst, auch von der Kälte nicht aufzuhalten, von dem toten Körper Besitz ergriffen hatte. Als er am Bauchnabel anlangte versperrten ihm Kleidungsfetzen den Weg weiter nach unten. Dem Material und der Farbe nach zu urteilen, trug der Tote eine kurze Cordjacke mit Stickereien auf der Vorderseite. Er stutzte und war sich nicht sicher, ob das ein gutes Omen war, aber er trug haargenau die gleiche Jacke. Mühsam entfernte er die überflüssigen Bekleidungsteile, bis der Mann fast nackt vor ihm lag. Und dann wurde ihm schlecht.

Ein großes Loch, eher ein langer und sehr breiter Riss zog sich von seiner linken Schulter fast bis zu seinem Bauchnabel und darunter lag offenes, hellrotes und doch irgendwie fremdartig wirkendes Fleisch. Durchtrennte Muskelfasern und geplatzte Arterien überall. Der Mann musste mit einer solchen Wucht von einem scharfen Gegenstand getroffen worden sein, dass sein gesamter Brustkorb aufgesprungen war, wie ein auf Spannung angelegter Flaschenzug. Charlie war sich nicht sicher, ob er sich würde übergeben müssen. Er würgte, dann wandte er sich ab. Sein Blick glitt erneut über die Szenerie. Phil stand auf der anderen Seite des Weges, der das große Blumenbeet umfriedete und unterhielt sich mit Eliza. Deutlich konnte Charlie Phils besorgtes und betrübtes und irgendwie auch ein wenig schockiertes Gesicht sehen und entschied sich, ihn später einfach direkt darauf anzusprechen. Ein lautes Rumpeln, unterdrücktes Fluchen und ein großes Stimmengewirr kündigten die Sanitäter und Gerichtsmediziner an, eine ewige Begleiterscheinung bei der Aufklärung von Verbrechen.

Charlie verglich sie in Gedanken gerne mit emsigen, arbeitswütigen Ameisen, die unter größtem Kraftaufwand versuchten, sich ihre Beute zu sichern. Sie konnten ganz ähnlich wie die kleinen Insekten, weitaus mehr (er)tragen, als es ihre Statur hätte vermuten lassen und ihre Beute waren in diesem Fall Leichen.

Mit größter Penibilität waren sie darauf bedacht, die toten Körper völlig unangetastet, wie eine Jungfrau, in ihre Gewalt zu bringen. So waren sie vielleicht doch eher mit Schürzenjägern zu vergleichen, dachte Charlie und lächelte leicht. Ein letztes Mal so nahm er sich vor, würde er sich ihnen in den Weg stellen, er war mit seinen Untersuchungen noch nicht fertig. Gerade als sich eine große, dunkle Wolke vor den Mond schob und die Flutlichter nun die einzigen Lichtquellen waren, begutachtete er noch einmal den Oberkörper der Leiche und entdeckte dort, direkt unterhalb der riesigen, grauenvollen Wunde, einige Zentimeter rechts vom Bauchnabel entfernt, einen relativ großen und durchaus schön geformten Leberfleck. Er schimmerte bläulich im Widerschein der Lampen und warf einen kleinen Schatten. Die Ränder hoben sich gegen das sterile Licht etwas von der restlichen Haut und dem inneren des Flecks nach oben ab. Charlie schluckte, drehte sich dem Licht entgegen und hob sein Shirt an.

Leicht bräunlich lächelte ihm sein Leberfleck entgegen, einige Zentimeter links von seinem Bauchnabel. Ihm war als würde ihm die Luft wegbleiben. Er konnte nicht atmen. Die schneegeschwängerte Luft des Parks wirkte frisch auf ihn, aber er spürte den Klos, der seinen Hals versperrte, nun deutlich. "Wie ist das möglich?", sagte er laut zu sich selbst. Er sah hinüber zu Phil, hinüber zu der Leiche. Phil kam nun langsam auf ihn zu. Gemessenen Schrittes. Selbst als er sich vom Lichtkegel abwandte, konnte Charlie Spuren von Tränen in seinem Gesicht erkennen. Dabei gab es doch im Grunde nichts zu beweinen. Sie beide hatten sich, sie beide waren gesund und putzmunter. Etwa einen halben Meter neben Charlie blieb Phil stehen und sah hinunter auf die Leiche. Hinter ihm rückten die Sanitäter an, den Leichensack in der Hand, bereit den Toten wegzuschaffen und zu entweihen. Natürlich würden sie nie zugeben, dass es sich um eine „Entweihung" handelte, machten sie doch nur ihren Job und sorgten dafür, dass alles hinterher wieder sauber, war, dass die Sauerei beseitigt wurde, doch, das war Charlie in jedem Augenblick seiner beruflichen Tätigkeit im Morddezernat klar gewesen, waren sie es auch, die den Toten von der Welt tilgten, nicht die Mörder.

Phil schnäuzte sich hörbar und atmete tief und stockend ein. Dann begann er leise zu sprechen: "Wie lange waren wir jetz' befreundet Cha'? Lange genug um einander zu kennen. Ich habe dich geliebt wie einen Bruder. Und immer warst du mir ein Vorbild...." Phil schluchzte, die Tränen liefen über seine Wangen und er wischte sie nicht weg. Charlie war fasziniert von diesem Anblick, denn etwas Ähnliches hatte er bei Phil noch nie gesehen. „...die Zeit, die wir beide verbringen durften, war die

Schönste in meinem Leben, ich danke dir dafür!"

Bis auf den Umstand, dass Charlie seinen Freund recht kitschig und albern fand, war er der Meinung, diese kleine Rede sei recht bewegend gewesen. Das Einzige dass ihn verwunderte, war, dass Phil die Leiche "Cha'" genannt hatte, Charlies Spitznamen aus Jugendzeiten. Konnte es möglich sein, dass dieser Mann nicht nur dieselbe Jacke wie er trug, sondern neben einem identischen Leberfleck auch genauso hieß wie er? Er beschloss Phil danach zu fragen und legte diesem seine Hand auf die Schulter. Doch wie von der Tarantel gestochen, als ob ihn etwas Unerwünschtes, jemand Abscheuliches berührt hätte, riss dieser sich los, schauderte und machte, ohne Charlie auch nur anzusehen einen energischen Schritt in Richtung Leiche. Verblüfft, wie vor den Kopf geschlagen, tat Charlie es ihm nach und sah sich erneut, zum hundertsten Mal an diesem Abend, so schien es ihm, das verschwollene Gesicht des Toten an. Als Phil sich hinunterbeugte um das Gesicht der Leiche zu untersuchen, wollte Charlie ihm sagen, dass er das schon getan hatte, doch seine Stimmbänder sahen sich nicht in der Lage irgendeinen Ton, geschweige denn ein Wort zu formen, womit er nach einiger Zeit, in der sein Mund ziemlich dümmlich geöffnet gewesen war, seinen Versuch abbrach und sich wieder mit Interesse der Hand Phils zuwandte, die fast schon liebevoll den Mund des Toten umstreichelte. Phils Nackenhaare hatten sich aufgestellt. Er bebte. Plötzlich hielt er inne und betrachtete seine massige Hand.

Eine klebrige, rötliche Substanz war dort zu sehen, an seinem Zeigefinger. Er betrachtete die Gelee-artige Masse genauer und begann daran zu riechen. Nach einer Weile löste sich seine ausgesprochen markante Nase wieder von seinem Finger und er begann etwas vor sich hin zu murmeln. Charles konnte ihn nicht richtig verstehen und beugte sich näher zu Phil hinüber. "Was hast du gesagt?", flüsterte er betroffen. Fast im Lärm um sie beide herum untergehend, fast nicht zu vernehmen im Rausch der Gefühle, die auf einmal in Charlie aufbrandeten, sagte Phil es noch einmal, diesmal zweifelnd und im Grunde als Frage formuliert: "Brombeer-Eis?"

Phil erhob sich ruckartig und fast von dem nun aufrecht stehenden, immer noch verwirrt dreinblickenden Mann umgestoßen, befeuchtete Charlie seine Lippen mit seiner Zunge, eine Angewohnheit, in die er bei großer Erregung verfiel und die ihm schon häufiger auffordernde Blicke von Straßendirnen eingehandelt hatte. Auch und vor allem im Dienst. Charlie stutzte. Brombeer-Eis? Das konnte nicht sein. Ihm kam der irrwitzige Gedanke, er selbst könnte dort auf dem Boden liegen, tot und regungslos wie ein Kanarienvogel, der von seiner Stange gefallen ist. Phil hatte sich umgedreht und der medizinischen Abordnung einen Wink gegeben. Sie hievten den leblosen Körper auf eine Trage und begruben ihn unter der schwarzen, leichten Plastikschicht, die nun, bis zur Verbrennung des Körpers, bis zu seinem Aufgehen in Asche und Rauch, die letzte Ruhestätte sein würde...

Langsam hoben die vier kitteltragenden Ungetüme die Trage mit dem schwarzen Sack auf ihre Schultern und gingen davon, langsam und irgendwie würdevoll, so fand Charlie, der immer noch mit offenem Mund und schreckgeweiteten Augen dastand. Schlagartig wurde ihm klar, dass niemand mit ihm geredet hatte in den letzten Minuten, oder dass er sich daran erinnern konnte, wie er hierhergekommen war. Er fühlte mit seiner Hand an seinem Körper, um sich zu vergewissern, dass er am Leben war, doch nichts als kalte, raue Haut erfühlte er, wie frischer Schnee an einem schönen Wintertag. Eigentümlicher Weise war es ihm, als ob er von der Leiche magisch angezogen wurde. Ihm war als hätte eine unsichtbare Kraft von ihm Besitz ergriffen. Er war im Begriff dem Weg des Toten zu folgen, als er etwas entdeckte. Schneeflocken tanzten nieder auf seinen Kopf, als er sich bückte und in den von der Leiche zerwühlten Boden griff. Ein Ausweis. Mehr nicht. Den Namen, auf der in Laminat eingefassten Karte, kannte er. Es war seiner. Dicht daneben war ein Foto von ihm, wie er als sein eigenes Lichtbild-Ich in die Kamera grinste. Vielmehr als eine Maske war davon nicht übrig geblieben. Kurz nachdem ihm der Gedanke durch den Kopf schoss, dass der Umstand, den Ausweis des Toten im Schnee vergessen zu haben, den ganzen Dilettantismus dieser Bande von Totengräbern bewies, brach sich die Erkenntnis Bahn. Charlie fiel in Ohnmacht, als sein toter Körper mit dem Krankenwagen den Stadtpark, den Ort des Verbrechens verließ.

Als er wieder zu sich kam, war viel vom Schrecken der letzten Nacht verschwunden. Er fragte sich, ob er nur geträumt hatte. Wenn ja, wäre er sicherlich überglücklich gewesen. Dunkle Träume galten oft als Anzeichen von Gefahr, von etwas realem. So auch hier. Er schlug die Augen vollends auf und blinzelte. Helles Sonnenlicht flutete seine Augen und er musste blinzeln, um überhaupt etwas sehen zu können.

Der über Nacht gefallene Schnee, verstärkte den Lux-Pegel noch, sodass Charlie nicht sofort wusste, wo er sich befand. Schließlich jedoch blickte er geradeaus und erkannte in einem sonst gepflegten und leeren Blumenbeet, nahe an der Straße, einen Fleck mit aufgewühlter Erde, als hätte dort ein ausgewachsener Mann gelegen. Der Schnee lag dort weniger hoch und es lag auch weniger Schnee, was Charlie darauf schließen ließ, dass auch die Erde, der Boden darunter, tiefer lag, ausgelegen war. Charlie wunderte sich ein wenig, wieso er in einem Park aufwachte, mitten auf dem Rasen und völlig allein, augenscheinlich ohne Einwirkung von Alkohol. Den trank er sowieso nicht, also ein völlig absurder Gedanke. Er schleppte sich zu einer Parkbank hinüber und setzte sich neben eine ältere Dame, die soeben erschienen war. Auf Charlies freundliches "Guten Morgen!" erwiderte sie nichts und starrte einfach weiter geradeaus.

Niemand schien ihn zu bemerken. Alle Menschen, die er ansah, wichen ihm aus. Menschen die er berühren wollte, schienen unangenehm berührt, fühlten sich fremdartig gelenkt, als fiele ein dunkler Schatten auf ihr Gemüt.

Dennoch hatte Charlie durchaus das Gefühl lebendig zu sein. Er fühlte den Wind auf seiner Haut, den Schnee, der mit spielerischer Leichtigkeit vom graublauen Himmel fiel. Sich einen Ruck gebend, ging er noch einmal zu der Stelle an der er heute Nacht augenscheinlich gestorben war und legte sich flach auf den Boden. Etwas Erde in die Hand nehmend prüfte er die Konsistenz, lächelte leicht und sagte mehr zu sich selbst: "Du verfällst in alte Muster." Während er sich stirnrunzelnd fragte, wieso ihm eine solche Endzeitstimmung innewohnte, wieso er es innerlich vielleicht schon angenommen hatte, nur noch als leere Hülle eines menschlichen Wesens auf Erden zu wandeln, blickte er in den Himmel. Genau wie in der letzten Nacht ging von ihm ein merkwürdiger Zauber aus. Das dunkle, undurchdringliche Blau erinnerte ihn an etwas, doch noch konnte er nicht sagen was es war. Auf die Idee, einfach nach Hause zu gehen, kam er erst gar nicht.

Den Kopf hebend und um sich blickend, entdeckte er zu seiner Überraschung Phil, der mit

hängenden Schultern und roten verweinten Augen auf ihn zu schlürfte. Charlie erhob sich und ging auf ihn zu. Er wollte ihn begrüßen, wollte ihm sagen, dass er sich gut fühlte. Nun ja verhältnismäßig gut, denn die Nacht hatte ihn, mehr als er vielleicht zugeben wollte, verstört. Phil stand nun fast bei ihm und in seinem geröteten Gesicht zeichneten sich Trauer und Schmerz ab. Mit den Füßen begann er im frisch gefallenen Schnee zu scharren, als ob ihm etwas auf der Seele brannte. Etwas das hinaus wollte, aber dennoch viel zu unwirklich schien, um daran zu glauben. Nach einer Weile, in der Charlie näher herangetreten war und nun fast in Reichweite von seinem Freund stand, schüttelte sich Phil die Haare aus dem Gesicht und flüsterte etwas mit brüchiger Stimme. Charlie hatte ihn nicht verstanden, beugte sich vor, war nun ganz nah an Phils Mund, der immer noch leise vor sich hin stammelte.
"Ich… weiß das du hier bist… Ich fühle das… komm schon, sag mir, dass ich nich' verrückt bin! Ich brauch dich, ich will das alles nich' glauben, wie kann das sein, bleib bei mir. Ich…"

"Ich bin doch hier Phil, ich bin bei dir! "
"Wo bist du, sag mir, was los ist, wieso hab' ich das Gefühl, du stehst direkt vor mir und siehst mich an... wieso kann ich mich an so wenig erinnern?"

Charlie atmete tief durch und legte Phil seine Hand auf die Schulter. Anders als bisher schien er es zu fühlen und nun sah Phil ihm direkt in die Augen. Das heißt, eigentlich konnte er ihn nicht sehen. Er sah durch ihn hindurch, suchte verzweifelt nach einem Anzeichen für seine Gegenwart. Aus einer Laune heraus und mit einer für diesen sensiblen Moment unanständigen Kraft hob Charlie die Hand und ließ sie knallend auf Phils Wange niedersausen. Charlie musste unwillkürlich lachen. Phil fühlte die Ohrfeige. Er schrie und fasste sich an die getroffene Stelle, die sich umgehend rötete. Er revanchierte sich mit einem kräftigen Schwinger seines rechten Armes und zu Charlies Erstaunen traf ihn der Schlag mit der vollen Wucht eines untersetzten, wütenden und zugleich völlig verunsicherten Menschen.

Nicht oft kommt es vor, dass man einen Mann im Park bei starkem Schneetreiben und vor sich hin brabbelnd ins Leere schlagen sieht. So blieben auch hier die Passanten stehen und starrten auf das bizarre Schauspiel, das sich ihnen hier bot. Ein älterer Herr stützte sich auf seinen Stab und schmunzelte belustigt. Phil hatte indes wieder festeren Stand gefunden und weil ihm dies alles zu unwirklich, zu unheimlich erschien, war er sehr versucht, das Weite zu suchen, von diesem, für ihn, verfluchten Ort zu verschwinden. "Bleib hier verdammt noch mal! Du kannst mich doch hören, wieso haust du jetzt ab?" Charlie hatte es fast geschrien, so angespannt und fiebrig erregt war er. Zwar konnte Phil die wütenden und fast schon flehenden Schreie seines Freundes nicht hören, doch ein innerer Drang versuchte sich seiner zu bemächtigen und wollte ihn daran hindern, einfach von hier zu verschwinden. Doch ein letztes Mal noch, zum allerletzten Mal, obsiegte Phils Angst über diesen Drang, diesen Sog, den Charlies Verzweiflung in ihm auslöste.

Nach einer Weile hatte sich Charlie wieder beruhigt und fuhr sich mit seiner Hand über die schweißnasse Stirn. Dabei bemerkte er den alten Herrn, der immer noch schmunzelnd und auf seinen Stab gestützt dastand. Seine Haut war runzlig und verwittert, wie alter Stein, der jahrelang auf den Zinnen eines Hochhauses stehend, dem kalten Regen getrotzt hatte. Er war gekleidet in etwas, das aussah wie eine alte Leinenkutte, braun und schwarz und gehalten durch einen weißen Gürtel um die Taille. Etwas oberhalb der Fußgelenke verbargen hohe Schuhe seine Haut und schützen ihn vor der Kälte. Der Stab, auf den er sich stützte, war, leicht gebogen und ebenso gebrechlich aussehend wie sein Besitzer, tiefschwarz und glänzte irgendwie. Der Mann lächelte nun breiter, als er sah, wie Charlie ihn musterte. Dieser wunderte sich. Niemand außer ihm schien den Mann zu bemerken. Und er schien niemanden so anzusehen wie Charlie. Tatsächlich war dieser Teil des Parks völlig leer, doch keiner der beiden bemerkte es. Die Faszination des jeweils anderen überwog jegliche Form anderer Wahrnehmung. Der Alte begann zu flüstern: "Was suchst du noch hier?" Charlie konnte ihn deutlich verstehen, was ihn verwunderte, denn der Mann stand mehrere Meter entfernt und nicht weit entfernt brauste der morgendliche Arbeitsverkehr durch die Straßen der Stadt und am Park vorbei.

Es hatte wieder zu schneien begonnen und ein sonderbares Gefühl bemächtigte sich seiner. Der Alte hatte sich in Bewegung gesetzt und glitt nun, ja schwebte fast auf Charlie zu. Er konnte sich der Empfindung nicht erwehren, diesen Mann schon einmal gesehen zu haben. Er versuchte sich klar darüber zu werden, woher diese, seine innere Regung kam. "Fossiles De-ja vu". Eine Erinnerung, die solange zurückreicht, dass man das Gefühl hat, sie nicht mehr richtig greifen zu können.

"Was suchst du noch hier?", rasselte die Stimme des alten Mannes im Flüsterton. Er war nun schon fast auf Reichweite zu Charlie heran und sein rasselnder Atem ließ Charlie das Blut in den Adern gefrieren. Er nahm all seinen Mut zusammen und sagte halblaut und kaum brüchig: "W-was ich hier noch will? Ich will leben, ist…" Doch der alte Mann machte eine unmissverständliche Handbewegung, die wahrscheinlich sagen sollte, dass dies nicht möglich sei. "Wieso nicht?" Der alte Mann bewegte die Lippen und begann zu sprechen, doch kein Laut drang an Charlies Ohren, vielmehr dröhnte die Stimme in seinem Kopf: "Charlie, deine Zeit ist abgelaufen, deine leibliche Hülle wird verbrannt werden, dann wirst du den Weg ins Unendliche antreten, aber…" Charlie rieb sich die Augen. Das alles konnte nicht sein, viel zu unwirklich und auch irgendwie wirklich ziemlich lächerlich kam ihm das alles vor. Er wollte unbedingt wissen, wer dieser Mann war, und wieso er erst jetzt kam, er wollte so viele Antworten auf noch mehr Fragen. Stattdessen fragte er leise und unsicher: "Woher kennen Sie mich zur Hölle?" "Lass solche Worte mein Junge", sagte der Mann geheimnisvoll und dennoch energisch, er lächelte nicht. Hinter sich blickend, sah er erneut Charlie in die Augen und sagte etwas. Charlie konnte ihn nicht verstehen. Ihm war als ob sein Hirn nicht arbeiten wollte. Dieser Blick hatte etwas in ihm zerstört. Als ob ein Eispickel brutal und immer wieder in schütteres Gestein getrieben wird, und dabei eine Spur der Verwüstung und ein Loch voller Irrungen hinterlässt.

Der alte Mann hatte anscheinend die mentale Abwesenheit seines Gegenübers bemerkt, denn er wiederholte sein soeben Gesagtes, diesmal jedoch eindringlicher und mit allzeit fühlbarer Schärfe. "Du bist Charlie. Ich wusste bereits vor 30 Jahren, als ich dich besuchte, dass ich dich heute wiedersehen würde. Du bist immer noch an diese Welt gebunden. Du bist etwas ganz Besonderes für mich..." Er lachte glucksend, als würde er sich sehr über irgendetwas freuen. „Meine Aufgabe ist es, dich zu hinüber zu bringen...." Charlie runzelte die Stirn. Gerade wollte er fragen, wieso dies seine Aufgabe war und wohin er ihn denn bitteschön zu bringen gedachte, als sich ein seltsamer

Gedanke in seine Wahrnehmung drängte. Charlie wurde mit einem Schlag bewusst, dass er diesen Mann tatsächlich kannte. Dunkle Bilder riefen sich in ihm wach. Er erinnerte sich an ein tiefschwarzes Zimmer mit großen Möbeln, die im spärlichen Licht kaum zu sehen waren und an das liebevolle Lächeln seiner Mutter, die am Abend vor dem Zu Bett gehen, nach einem letzten Kuss auf die Stirn, die Tür schloss.

Nach kurzer Zeit war das "Gute Nacht mein Schatz" verhallt und von völliger Stille umhüllt lag er da. Normalerweise hätte er sich in diesem Moment nicht gefürchtet. Sein kleiner Kopf lag auf dem weichen Kissen, das Bett war warm, er wusste um die Anwesenheit der Eltern und er war auch müde genug, um rasch der Schwärze des Zimmers zu entfliehen und in rosarote Träume abzutauchen.

Dennoch tat er es. Er fürchtete sich wie noch nie zuvor. Dieses leise rasselnde Atmen aus der hinteren Ecke des Zimmers. Dieser kalte Hauch, der sich im Zimmer ausbreitete und von ihm Besitz ergriff. Er versuchte sich gegen diesen Eindringling zu wehren und zog die Bettdecke höher, tat so als würde er schlafen. Doch in der Angst, die ihn nun langsam „übermannte", wenn man es denn so nennen mochte, Charlie war ja noch ein Kind, ging der Drang sich zu wehren einfach unter. Leise und außerhalb des Zimmers unhörbar, stieg das Grauen in ihm selbst rasant an und überschritt die Grenze seines Wohlbefindens. Plötzlich sah er in der dunkelsten Ecke des Zimmers, schräg gegenüber der eigenen Ruhestätte einen Schatten und mit einem Mal aufblitzende rote Augen.

Wie bedrohliche Scheinwerfer schienen sie alles Böse auszustrahlen und alle guten Gefühle in sich aufzusaugen wie ein trockener Schwamm das Wasser. Mutige Kinder hätten in diesem Moment womöglich leise gefragt: „Wer ist da?", oder sich wieder in die Bettdecke gekuschelt und versucht weiterzuschlafen. Charlie erinnerte sich jedoch daran, kein besonders mutiges Kind gewesen zu sein. Nach einer kurzen Phase der Unbeweglichkeit und des Starrens in diese roten, furchterregenden Augen, hatte er geschrien und geweint und nach seiner Mutter gerufen, die auch sofort kam, doch als sie ins Zimmer stürmte, konnte sie nichts entdecken. Charlie konnte sich jedoch auch irren, er wusste es nicht mehr genau…

Nachdem seine Mutter den Lichtschalter betätigt hatte, war dort nichts zu sehen. Nichts in der Ecke und auch nichts im Rest des Zimmers. Es war vollkommen leer, bis auf den verängstigten Jungen in seinem Bett, zusammengekauert unter den vielen Decken, kreidebleich im Gesicht. Auf die Frage, was denn los gewesen sei, erzählte Charlie von dem dunklen Schatten, den hellroten Augen und zeigte mit dem Finger auf die Stelle, die ihn sosehr aufgeschreckt hatte. Seine Mutter wirkte zuerst etwas verwirrt, konnte sie sich doch jetzt, da ihr Sohn den Grund seiner Furcht so anschaulich beschrieb, an Ähnliches erinnern, dass ihr als kleines Mädchen widerfahren war…

Schließlich behielt jedoch ihr logisches Denkvermögen die Oberhand und sie schob alles auf einen bösen Traum. Für Charlie war in diesem Moment völlig klar, dass es genau das nicht gewesen war, es war ein Schock gewesen, der die heile Welt aus den Fugen gerissen hatte. Die Mutter schloss die Tür erneut und Charlie konnte sich erinnern, dass sie ihm wohl etwas energischer als sonst eine „Gute Nacht" gewünscht hatte, wahrscheinlich hatte er sie und seinen Vater beim Fernsehen unterbrochen. Diese, Augen, diese furchteinflößenden Augen leuchteten alsbald nach dem Schließen der Tür wieder auf und eine tiefe Stimme sagte: "Wir sehen uns wieder, mein Junge" Diese Begebenheit war der Grund für Charlies Angst im Dunkeln. Wie jedes kleine Kind sie hat. Er hasste es alleine zuhause sein zu müssen, wenn es dunkel wurde, aus Angst diese Erscheinung könnte ihm erneut auflauern und seine Seele entzwei schneiden wie ein heißes, glühendes Messer. Er hasste es auch noch Jahre später im Dunkeln nach Hause gehen zu müssen, weil er hinter jeder Häuserecke oder Hecke diesen großen Schrecken, dieses namenlose Grauen erwartete. Er hielt sich immer an einer Straßenlaterne fest und genoss den Schutz des Lichtes, denn so fühlte es sich für ihn an, konnte sich schließlich überwinden und rannte in Windeseile zur nächsten Laterne. Auf diese Weise schaffte er es, seine Angst vor seinen Eltern zu verbergen, denn sie war ihm peinlich. Erst als er sehr viel älter wurde, mit 15 oder 16 Jahren, verblasste die Erinnerung an diese eine Nacht als er noch klein gewesen war und ihm selbst kam es vor, als sei dies alles wirklich nur ein Traum gewesen.

Die Erinnerung in Charlies Augen erahnend, trat der Alte einen weiteren Schritt näher und streckte seine langen weißen Finger nach ihm aus. "Ich muss dich nun fortführen, in eine andere Welt. Komm mit mir und wir beide haben keine Schwierigkeiten!" Er hatte es schwer atmend gesagt, als würde ihn das Gesagte entweder sehr anstrengen oder sehr erregen. Charlie nahm all seinen Mut zusammen:

"Ich bin also tot?"
"Ja"

"Wieso bin ich dann hier?"

"Du vegetierst als leere Hülle dahin, niemand kann dich sehen, niemand kann dich hören. Du bist von den Menschen nur als Gefühl wahrzunehmen, nur als Hauch…"

"Wer hat mich ermordet?"

"Das darf ich dir nicht sagen!"

"Wer sind Sie?"

"Ich in der Fährmann! Wir sind uns schon einmal begegnet, damals bei dir in deinem Zimmer, ich fand dich, sagen wir… interessant, deswegen hole ich dich auf eine Weise, die mir die Beste deucht…."

"Mich holen? Und wohin?"

"Wohin ich dich bringe, vermag ich noch nicht zu sehen, doch… glaube mir…du wirst dich dort wohlfühlen!"

"Sag mir "Fährmann", wer hat mich ermordet, ich kann mich an nichts erinnern! Aber ich muss es wissen!"

"Mein Junge, ich weiß es nicht und selbst wenn, könnte ich es dir nicht sagen, es würde deiner Seele schaden und dich als leere Lebensform zurücklassen, lass es nun dabei bewenden und nimm meine Hand!"

Der Alte spreizte die Finger seiner noch immer ausgestreckten Hand und knurrte nun etwas bedrohlicher: "Nimm meine Hand und komm!" Doch Charlie weigerte sich beharrlich. Er wich zurück, stolperte und fiel in weiche, frische Muttererde. Er blickte hinauf in das alte Gesicht, in die roten Augen, in den geöffneten Mund, der, Geifer getränkt und weit geöffnet, zu einer riesigen unförmigen Höhle verzogen, das pure Verlangen aussandte. Erschrocken über diese Veränderung des alten Mannes, verfiel Charlie in hektisches und doch zugleich tiefes Atmen. Er schrie auf. Er krabbelte rückwärts. Die alte Angst aus Kindertagen hatte wieder Besitz von ihm ergriffen. Gleichzeitig und den von Panik vernebelten Verstand bekämpfend, bahnte sich in diesem Moment jedoch ein Charakterzug Bahn, der Charlie bereits im Leben ausgezeichnet hatte. Entschlossenheit gepaart mit Durchsetzungskraft. So laut und gebieterisch er es zustande brachte sagte er: " Hör auf!" Und zu seiner Überraschung hielt der Greis, dieser alte Man, eben noch eine hässliche, von Gier zerfressene Maske der vorherigen Erscheinung inne, und vollzog seine seltsame und höchst furchteinflößende Metamorphose rückwärts. Er schien zu dem Schluss gekommen zu sein, dass er hier mit Drohungen und dem subtilen Einflößen von Angst nicht weit kommen würde. Er musste den Dialog suchen.

"Mein Junge!", sagte er leise, fast unhörbar, wie ein leichter Luftzug, der im Frühling den frischen Schnee von den Tulpen hinunterweht und mit einer verführerischen Stimmlage, dass Charlie ganz schwindelig wurde. "Wieso willst du nicht mit? Was hält dich noch hier" Er blickte sich um, begutachtete den Schnee, die schon wieder langsam sinkende Sonne und schlang seinen Mantel, der abgetragen und alt um seine Schultern hing, enger an sich. "An diesem unwirtlichen Ort…"

Charlie hatte ihn schon gar nicht mehr gehört. Ein Plan war in seinem Kopf gereift, ein Plan der ihm so wahnsinnig vorkam, wie der Versuch den Mount Everest mitten in einer stürmischen Nacht ohne Licht zu besteigen. Doch war er gewillt. Alles kam ihm merkwürdig vor. Er war gestorben. Doch er wusste nicht wie. Er wusste nicht warum und wieso gerade in diesem Park, den er Zeit seines Lebens gemieden hatte, aus Angst, Horden von Tauben könnten ihn als eine Art Statue oder Skulptur betrachten und ihr Geschäft auf ihm verrichten. Phil hatte oft hierher gewollt und hatte „reden" wollen, seine Probleme über Charlie ausgießen wollen, doch wohl gefühlt hatte er sich hier nie. Plötzlich musste Charlie lachen. All dies erschien ihm so unmöglich. Wie konnte er tot sein, und dennoch hier an dieser Stelle sitzen, den Wind auf seiner Haut spüren und mit einem alten Mann reden, der ihm gerade erklärt hatte, er wolle ihn "überführen". Wie lächerlich das alles war.

Durch das laute Lachen von Charlie aufgeschreckt, hatte sich der alte Mann etwas zurückgezogen. Nachdem Charlie danach aber eine ganze Weile ruhig blieb und nichts mehr sagte, wurde er ungeduldig und klopfte mit seinem Stab auf den eisverkrusteten Boden. "Nun? Antworte mir!" Charlie tat es: "Ich will hierbleiben, ich..." Doch der Alte fiel ihm ins Wort: "Das geht nicht mein Junge." Er lächelte böse. "Du bist von dieser Welt geschieden und ich habe den Auftrag dich mitzunehmen. Du nimmst schon viel zu viel Zeit in Anspruch!" Die letzten Worte hatte er, schlangengleich herausgezischt, doch Charlie ließ nicht locker: "Nur eine gewisse Zeit. Du musst verstehen, dass ich begreifen muss, was mit mir passiert ist, bitte!" Der Alte seufzte. Oft wurden ihm solche Angebote gemacht. Meistens aus Angst, weil die Menschen einfach nicht in der Lage waren loszulassen, oder weil sie sich vor Veränderungen fürchteten. Und solch ein gewaltiger Schritt, der Tod, stellt nun mal eine der größten Veränderungen dar, die man sich vorstellen kann.

Bei Charlie jedoch, und das verwunderte den alten Mann, war es anders. Nicht Furcht trieb ihn, nicht der jämmerliche, menschlich schwache Wunsch nach Gnade war es, der seine Bitte motivierte. Etwas weitaus edleres und tieferes war die Ursache hierfür. Der Fährmann sah sich bestätigt und nickte, als Charlie sich vorbeugte, den alten Mann am rechten Ärmel packte und ihn näher zu sich heran zog. Er roch alte Zeit, längst Vergangenes, Opfer und Verwesung und dennoch zog er ihn weiter zu sich. Seine Zielstrebigkeit obsiegte schließlich über Ekel und Abscheu und er flüsterte dem alten Mann zu: "Alter Mann, lass mich hier, gib mir Zeit! Ich muss herausfinden, wie ich starb, erst danach trete ich mit dir diese Reise an." Der Alte schien nicht vollkommen überzeugt, wollte schon ablehnen und hörte dann einen gemurmelten Nachsatz von Charlie, der, obwohl Charlie ihn mehr zu sich selbst gesagt hatte, sein Inneres erweichen sollte und in ihm das alte Bild des kleinen Jungen wachrief, den er einst beobachtet hatte. Immer hatte dieser sich erst um seine Mitmenschen Gedanken gemacht, bevor er an der Reihe war. "Und ich muss doch sichergehen, dass es Emily gut geht! Und Isabella... Was wird nur aus Ihnen, wenn ich nicht mehr da bin. Nach Phil muss ich auch sehen. Er kann doch nicht ohne mich!"

Berührt von diesen Worten, die aus tiefster Seele entsprangen und nun hervorsprudelten wie ein frischer Sommerquell, rannen kalte Tränen über die vernarbten Wangen des Greises. Dieser Mann war damals etwas Besonderes gewesen und war es auch heute noch. Die beiden Männer sahen sich tief in die Augen. Noch einmal wollte sich der Alte behaupten, drückte mit aller Macht, versuchte in Charlies Gedanken einzudringen und ihn womöglich umzustimmen, doch Charlie hielt stand. Er stemmte sich in diese stumme Schlacht, wie ein König, der seinen letzten Krieg bestreitet und bereit ist, in ihm zu fallen, um seinem Nachfolger den Weg zu ebnen. Schließlich, nach einiger Zeit des stummen Starrens gab der Alte nach und stützte sich erschöpft auf seinen Stab, der grell zu leuchten begann. Er atmete schwer.

Inzwischen hatte sich Charlie wieder erhoben und stand dem Alten nun gegenüber. Dieser blickte nach kurzer Zeit zu ihm auf, berührte ihn an der Schulter und sagte laut und dröhnend in Charlies Kopf: "Ich gebe dir Vier Tage! Vier Tage! Mehr nicht!" Charlie nickte zum Dank. Freuen konnte er sich nicht, wusste er doch weder, wo er anfangen, noch wie er sein Dasein fristen sollte. Bisher hatte er keinen Hunger verspürt, das würde wohl auch so bleiben, dachte er. Es erschien ihm nur logisch, dass ein körperloser Schatten eines Menschen nicht essen müsste. Mühsam holte der alte Mann aus seinem Mantel eine Sanduhr hervor, die er kurz anhauchte und einmal auf den Kopf stellte. Langsam begann sich der Sand im Innern der Uhr grünlich zu verfärben und begann durch die schmale Öffnung am Boden der Kapsel in die das untere Gegenstück zu gleiten.

"Vier Tage!"

Die Worte dröhnten in Charlies Kopf und ihr Widerhall bereitete ihm Kopfschmerzen. Ehe er noch etwas erwidern konnte, hatte der alte Mann, dieser geheimnisvolle Greis, ihm den

Rücken zugewandt und humpelte davon. Die grünschimmernde Sanduhr schwebte seitlich neben ihm her. Jede Straßenlaterne, an der er vorbeiging, flackerte kurz. Einige ließen sich danach nie mehr entzünden.

Charlie war wieder dort, wo er die Nacht vorher verbracht hatte. Die Dunkelheit war hereingebrochen und er setzte sich wieder auf die Parkbank. Kalter Wind umspielte sein Gesicht. Er dachte nach. Er hatte so viele Fragen. So vieles, was ihm unsinnig erschien, so vieles, das er wissen musste. Er lächelte. Irgendwie hatte er sich schon damit abgefunden, irgendwie hatte er sein Schicksal angenommen. Leise begann er sein Lieblingslied zu summen, in der völligen Gewissheit, dass niemand ihn würde hören können. Nach einer kurzen Weile lehnte er sich zurück und ließ den Kopf in den Nacken fallen. Die Sterne funkelten ihm freundlich zu. Um seine trockenen Lippen etwas zu befeuchten, glitt er mit seiner Zunge seicht über sie hinweg. Er stutze. Diesen Geschmack kannte er. Er gab ihm so viel. "Phil!", seufzte er leise und fuhr sich dann mit dem Handrücken über den Mund. "Brombeer-Eis."

STILLE WASSER

Früher im Sommer, wenn es heiß und fast unerträglich draußen war, war es Charlies Lieblingsbeschäftigung gewesen, in seinem Pool zu liegen und sich dort neben der nötigen Abkühlung, auch Entspannung zu holen. Oft lag er einfach flach auf dem Rücken, den Körper vom kühlen Wasser umspielt und ließ sich die Sonne auf den Bauch scheinen. Gelegentlich schlief er ein und erwachte erst wieder, als die schon fast mechanisch ausgeführten kleinen Kreisbewegungen seiner Hände nachließen und er mit dem Gesicht ins Wasser eintauchte. Was dies anging, so konnte er sich vor allem an eine Begebenheit erinnern:

Eine Begebenheit im letzten Sommer. Es musste August gewesen sein und wahnsinnig heiß draußen. Charlie hatte kaum geschlafen, weil er nicht konnte wegen der Hitze, vielleicht auch weil er nicht wollte, denn Nächte, ob nun im Sommer oder Winter, liebte er. Dass das nicht immer so bleiben würde, ahnte er nicht. Diese eine Nacht im März hätte er nicht vorhersehen können. Er hatte nicht wissen können, wann er starb. Er nicht. Und wie es passieren würde, war ihm auch völlig unbekannt. Bis zu diesem einen Nachmittag, an den er sich jedoch erst später zurückerinnern sollte.

Der Moment, bevor der Stein, geworfen von kräftiger Hand, auf dem Wasser aufschlägt und große Wellen sich ringförmig ausbreiten, ist der ruhigste. Alles liegt da, in zittriger Erwartung dessen, was noch kommen mag. Vor allem aber in Stille. Charlie war normalerweise kein Freund der Stille, er war kein Anhänger der "absoluten Gelassenheit". Er war ein Mensch, der, wie seine Ex-Frau es ausdrückte, mindestens 14 Stunden am Tag unter Strom stand. So wirkte es jedenfalls oft nach außen. An diesem Mittwochnachmittag jedoch, gerade war er völlig ausgepumpt und leer in sein verlassenes Haus heimgekehrt, war alles etwas anders. Er sehnte sich nach einem Moment der Ruhe, einem Moment der ihm mehr gab, als Hektik und Stress es je vermocht hätten. Charlie lief, nachdem er die Haustür knallend ins Schloss geworfen hatte, schnurstracks zum Kleiderschrank, zog sich aus bis auf die Unterhose, legte sein Hemd, seine Hose und seine Strümpfe fein säuberlich auf einen Stuhl und ließ sich in den Pool hineingleiten. Kaltes Wasser umströmte seinen müden Körper und seine Augenlider öffneten sich für einen kleinen Moment einen Spalt weit, ehe sie müde und schlaff wieder zufielen. Charlies Wunsch war es, zu schlafen in diesem Augenblick. Zu schlafen und möglicherweise nie mehr aufzuwachen. Er holte tief Luft und zog den Kopf unter Wasser. Weg waren all die grässlichen Nebengeräusche. All das Brummen der Klimaanlage und das Singen der Vögel. Der Lärm der Autos, die knatternd und quietschend an seinem Haus vorbeifuhren. Alles war verschwunden und die Stille drückte auf Charlies Ohren. Ihm war als wäre er eingetaucht in eine zweite Welt. Eine Welt in der es keine Hektik gab. Eine Welt, die ihm irgendwie zusagte. Er ließ sämtliche Luft aus und sank hinunter auf den Grund des Pools. Als seine Fingerspitzen die leicht raue, bläuliche Oberfläche der Plane berührten und er sich näher zum Boden und tiefer in die Stille zog, war er so erfüllt von Glück und Wonne, dass er fast vergaß wie wichtig es für den Menschen ist, zu atmen. Gerade als es in seinen Gliedmaßen anfing unangenehm zu kibbeln, verleitete ihn sein Instinkt, sich vom Boden abzustoßen und nach oben zu schnellen, die Wasseroberfläche prustend zu durchbrechen und sich panisch umzublicken. Unbewusst war ihm in diesem Moment klar, wie er sterben würde irgendwann, doch schien ihm dies zu unwichtig und zu weit entfernt, um noch viele Gedanken daran zu verschwenden. In diesem Augenblick wusste er, dass er sich einmal seinem Schicksal ergeben würde, wenn es an der Zeit war zu sterben…

Müde und verschlafen erwachte Charlie, oder das was noch von ihm übrig war, nach seinem Zusammentreffen mit dem Fährmann. Er musste danach vor Erschöpfung wohl kurz eingenickt sein. Die Strahlen der Wintersonne tauchten sein Gesicht in grelles, weißliches und doch warmes Licht. Wiederrum war ihm, als ob alles nur ein böser Traum gewesen war. Rings um ihn war der Schnee geschmolzen und er war sich sicher, dass gleich seine kleine Tochter und seine Frau an das Bett kommen würden, ihn kräftig, aber doch liebevoll kneifen würden und so seinen Alptraum beendeten. Doch die Minuten vergingen und nichts geschah. Geschäftige Menschen liefen an Charlie vorbei und öffneten ihre Mäntel. Nun begann es anscheinend warm zu werden. Dieser Umstand bewegte Charlie eigentlich recht wenig, denn er hatte festgestellt, dass er völlig temperaturunempfindlich war. Nur manchmal, in besonderen Momenten spürte er den Wind auf seiner Haut, oder was davon übrig war. Wie Haut sah es zumindest aus, also hatte Charlie beschlossen, es auch so zu nennen. Trotzig erhob er sich und ging in Richtung Parkausgang. Ein letztes Mal warf er einen Blick auf das mittlerweile wieder in akkuratem Zustand liegende Blumenbeet, in dem er ermordet worden war und runzelte leicht die Stirn. Irgendwer musste es wieder hergerichtet haben. Irgendwer hatte begonnen die Erinnerungen an ihn zu tilgen.

Charlie musste herausfinden, welche Möglichkeiten er hatte, wie er sein Ziel erreichte und herausfand, wieso und vor allem wie er gestorben war. Langsam näherte er sich einem Ausgang des Parks, den er sonst nie nahm. Gerade wollte er seinen Fuß aus dem Kiesbett des Parkweges nehmen und auf den kalten Asphalt der Straße setzen, als er einfach nicht weitergehen konnte. Ihm war, als würde er durch eine Art unsichtbare Schranke, daran gehindert weiterzugehen. Energisch machte er einen Schritt nach vorne, wollte sich durchsetzen. Er war der festen Überzeugung, dass er ähnlich wie beim Fährmann, mit genügend Ausdauer und Nachdruck, alles erreichen konnte. Doch nach weiteren Versuchen, die aber allesamt im Sand verliefen, gab er auf, ließ seine Schultern hängen und ließ sich auf den Boden fallen.

Er sah seine Situation als völlig ausweglos an, als ihm ein brachialer Gedanke in den Sinn kam. Gerade neulich, so hatte er irgendwo gelesen, war festgestellt worden, wie wichtig Rituale für den Menschen sind. Sie geben Sicherheit und Selbstbewusstsein auf ganz unterschiedliche Art und Weise. Möglicherweise, so überlegte Charlie, konnte er nur dort entlanggehen, wo er schon öfter oder ein Mal gewesen war. Er sprang auf und lief in Windeseile, so sehr drängte es ihn. Am Haupteingang des Parks angekommen, blieb er kurz stehen und musste durchatmen, denn solche Sprints auf längere Distanzen war er nicht mehr gewohnt. Er atmete tief durch, genoss die frische Luft in seiner Lunge und stürzte sich auf den Bürgersteig, der den Park vom Rest der Stadt trennte. Es geschah nichts. Es war ihm möglich den Park zu verlassen. Unwillkürlich musste er lachen und schlug sich mit der flachen Hand seitlich gegen den Kopf. Der erste Schlüssel war gefunden.

Charlie wandte sich nach links. Den typischen Weg, den er immer genommen hatte, wenn er nach der Mittagspause zurück zur Arbeit wollte. Noch dunkle Straßenzüge, schmutzige und ausgewaschene Häuserfronten säumten seinen Weg. Seltsamerweise schien er seine Umwelt wesentlich deutlicher wahrzunehmen, als noch vor ein paar Tagen. Als er, so lächerlich es sich auch anhören mochte, noch am Leben gewesen war, war vieles anders gewesen. Ihn interessierten nun nicht mehr das Verhältnis zu seiner Chefin, oder die Verwicklungen des letzten Abendessens mit ihr und der Arbeit. Ihm war nun völlig egal, ob sie ihn morgens beim Kaffeeschlürfen lüstern anblicken würde oder nicht. Und er konnte sich nicht wirklich vorstellen, jemals daran interessiert gewesen zu sein. Zu hören das man atmete, zu wissen, dass man irgendwie doch lebte, war ein, so fand Charlie nun, wesentlich berauschenderes Erlebnis, als sich auf eine Gefühlsregung eines Menschen zu stürzen, die im Grunde nicht von Herzen kam, sondern nur der Leidenschaft entsprangen. Einer Leidenschaft, die auf der Stelle verlosch, wenn sie nicht mehr rational zu erklären war. Im Dienst. Darauf pfiff Charlie. Sie würde ihn eh nie wieder lebendig sehen. Er war fixiert auf die Lösung der einen Frage. Wie war er ums Leben gekommen? Er lächelte, runzelte jedoch die Stirn, als ihm wieder auf brutalste Weise bewusst wurde, dass er sich genau in dem Zustand befand, wie die meisten seiner Arbeitsobjekte früher. Tot.

Charlies Arbeitsstelle lag etwas außerhalb des Stadtkerns und so entschied er sich, in Ermangelung irgendeines Fahrzeugs, zu laufen. Ihm war völlig klar, dass es unmöglich sein musste selbst, jetzt in diesem Zustand, seinen Ford Mustang zu fahren, doch der Gedanke an ein leeres Auto, dass durch die Innenstadt jagt, ließ ihn erneut schmunzeln. Charlie strich sich die Haare aus dem Gesicht und blickte verträumt um sich. Er kam an die große Kreuzung mitten in der Stadt. Wild blinkende Ampeln und knallige Leuchtreklamen lieferten sich einen Wettstreit um den durchdringensten Lichtpegel, den ein Mensch fähig ist aufzunehmen. Die ferne Kirchturmuhr schlug grade Neun, die alten Wasserspeier auf den Gebäuden schienen sich im ersten Sonnenlicht zu räkeln, als Charlie vor sich eine große Menschenmenge versammelt sah, in der wie wild viele Menschen durcheinander schrien. Laut und schrill suchte eine Mutter nach ihrem Kind und Charlie, der neugierig, ungesehen an den gaffenden Passanten vorbeischlüpfte, eröffnete sich ein Bild, dass ihm, wäre er noch am Leben gewesen, frostige Schauer über den Rücken gejagt hätte. Auf der großen Kreuzung vor ihm hatten sich mehrere Autos ineinander verkeilt. Der Asphalt war übersät von zerbrochenem Glas und blutigen Metallsplittern. Ein Mann neben ihm begann zu würgen und zeigte wild gestikulierend auf einen alten Van, der völlig zerborsten mit dem Dach nach unten auf dem Boden lag. Innen an der Frontscheibe, zitternd und völlig blutüberströmt, saß ein vielleicht 11-jähriger Junge und schrie vor Schmerzen. Charlie rannte los. Völlig vergessend, dass er nichts tun konnte. Völlig vergessend, dass er nicht in der Lage war irgendwem zu helfen. Vor allem nicht diesem Jungen, der sich, schwer atmend, keuchend fast schon, an sein Leben klammerte. Als Charlie ihn erreicht hatte, sah er die Wunde am Kopf und mit dem Blick des Fachmanns erkannte er, dass der Junge nicht mehr lange zu leben hatte. Sein Schädel war merkwürdig verformt, deformiert und oben am Haaransatz puckerte etwas Hirnmasse gegen die Schädeldecke. Der Junge musste mit ungeheurer Wucht gegen die Frontscheibe geschleudert worden sein. Von seinen Eltern war nichts zu sehen, wahrscheinlich lagen sie irgendwo hinter ihm auf der Kreuzung. Der Schock hielt diesen Jungen am Leben, das wusste Charlie. Er wusste auch, dass sobald das Adrenalin in seinen Blutbahnen nachlassen würde, dieser Junge bereit war, in das Totenreich hinüberzugleiten. Und Charlie wusste auch, wem er dann wieder begegnen würde.

"Hilf mir! Bitte!" Der Junge wimmerte, seine wässrigen und schon ein wenig trüben Augen schlossen sich halb, öffneten sich wieder, schlossen sich im Takt seines flachen Atems. Charlie stutzte. Konnte der Junge ihn sehen? "Ich bin bei dir, mein Junge." Er hielt es in diesem Moment für völlig selbstverständlich, dass der Junge mit ihm sprach, als ob er ihn schon lange kennen würde, als ob es ihn nicht wundern würde, dass nur er alleine dort an der Frontscheibe des völlig demolierten Fahrzeugs saß und versuchte in seine Nähe zu kommen. Auch schien er zu fühlen, dass mit Charlie etwas anders war als mit den anderen Menschen.

Der Junge schluckte leicht und befeuchtete mit seiner Zunge seine rissigen und staubtrockenen Lippen. Das Grauen ergriff langsam von ihm Besitz. Leise stöhnend begann ihm nun bewusst zu werden, was mit ihm geschehen war, was ihn so zugerichtet hatte. Sein Atem wurde schneller. Noch flacher und nun war ihm klar, dass jede weitere Minute Lebenszeit ein Geschenk war. Charlie bemerkte es und handelte. Er griff mit zittrigen Händen nach den um so vieles kleineren des Jungen und hielt sie so fest er konnte. Ein letztes Mal öffneten sich die Augen des kleinen Erdenbürgers und sie strahlten so viel Dankbarkeit und gleichzeitig Trauer aus, dass Charlie eine Träne über die Wange rann. Ihm war, als ob alle Traurigkeit der Welt sich in diesem Moment in seiner Seele, in seiner Situation vereinigt hätte. Hinter Charlie krachte es laut. Einmal. Und noch einmal. Wieder und wieder. Dann das Geheul von Sirenen und neue Lichter, die die Szenerie in kaltes, bläulich steriles Licht tauchten. Doch der Junge schien davon nichts mitzubekommen. Seine ganze Aufmerksamkeit, all seine Kraft war auf

Charlie gerichtet. Er konnte ihn sehen. Er konnte ihn fühlen. Für Charlie war klar, wieso das so war. Er befand sich nun auf der Schwelle zum Tod. Nicht im Diesseits, aber noch weniger im Jenseits, denn noch war er mit Leib und Seele lebendig und sagte etwas, das Charlie völlig aus der Bahn warf: "Wieso bist du nur bei mir und nicht bei meinen Eltern?"

Charlie wollte entgegnen, dass er keine Ahnung habe, wo seine Eltern denn seien, dass er ihn zuerst gesehen habe und nur helfen wollte. Doch der Junge schien zu wissen, worauf er hinauswollte. Dunkle Vorahnungen beschlichen Charlie und er drehte sich herum, wandte seine Augen von dem kleinen Jungen, der dort vor ihm lag, den sicheren Tod vor Augen und völlig mutlos seinem Schicksal ergeben. Etwas Schwarzes wankte aus der Mitte der Kreuzung langsam auf ihn zu. Charlie spürte, dass er zitterte, dass kalte Winde über seine Haut strichen und ihn fröstelten. Er spürte, wie das Geheul der Sirenen leiser wurde und schließlich ganz erstarb. Und etwas erstarb auch in ihm, etwas anderes als das, was der Fährmann und der Tod ihm ohnehin schon genommen hatten. Glück. Sämtliche Glücksgefühle, alle Emotion wurde aus ihm ausgedrückt, wie Wasser aus einem nassen Schwamm, wenn man ihn auswringt. Das dunkle, schwarze Etwas wankte auf ihn zu und hob mit sengender Schärfe die linke Hand. Hinter Charlie röchelte es und der Junge schloss die Augen, sein zertrümmerter Schädel fiel nach vorne und landete hart an der Windschutzscheibe. Ein letztes Mal atmete er noch, dann lag er still. Regungslos und leer.

Charlie wollte aufbrausen, doch der Schock saß zu tief, als das er sich hätte aufregen können. Das einzige Wort, das er herausbrachte war ein leises, undeutliches: "Wieso?" - "Was tust du hier? Du machst alles nur noch schlimmer!" Die Worte trafen Charlie mit solch vehementer Wucht, dass er wankte, nach hinten fiel und rannte. Rannte, bis sein toter Körper nicht mehr konnte. Er war wieder im Park angelangt, an seiner Bank. Verzweifelt setzte er sich nieder und stürzte den Kopf in seine Hände. "Du machst alles nur noch schlimmer", sagte er, wieder und wieder.

Etwa sieben Stunden später, als das Chaos sich gelegt hatte und Charlie seinen Schock einigermaßen verarbeitet hatte wurde er wach, weil eine Zeitung gegen sein Bein geweht war. Er musste wieder eingenickt sein. Dieser bebende Drang zu schlafen und sich auszuruhen, bemerkte er, war stärker geworden seit seinem Tod. Das Knistern und Rascheln des Papiers hatte ihn seine müden Lider aufschlagen lassen und nun blickte er verwirrt um sich, was ihn so unsanft geweckt hatte. Der kalte Wind blies ungemütlich um die Häuserecken und in den Park hinein und unwillkürlich zog Charlie seine Jacke etwas enger. Er blickte nach unten und erkannte die Tageszeitung die wild im Wind tanzend an seinem Bein festhing. Er hob sie auf und überflog die ersten Seiten. Ihm kam der Gedanke, dass es komisch sein musste für jemanden, der hier vorbeikam und die Zeitung in der Luft schweben sah. Und das bei diesem Wind. Eine Zeitung die umgeblättert wurde und dann wieder still zu schweben schien. Bei diesem Wirrwarr an unnützen Gedanken musste Charlie lächeln und er grunzte: "komische Sache!" Er glaubte mittlerweile zu wissen, in einer Art Zwischenwelt angekommen zu sein, die zwar der Welt der Menschen durchaus ähnlich war, das hatte ihm der Vorfall mit dem Jungen gezeigt, die aber doch Unterschiede aufwies: So schien es allen Dingen, mit denen Charlie in Kontakt trat, so zu ergehen, wie ihm, sie schienen in diese Zwischenwelt hinüber zu gleiten und dort, unsichtbar für alles Lebende, zu verbleiben.

Mit Phil war das anders gewesen. Ihn konnte er spüren, ihn konnte er hören. Und Phil lebte noch. Er musste dem auf den Grund gehen. Aber vorher wollte er nach Hause und nach dem Rechten sehen so viel war sicher und… Charlie stutze. Er war auf der letzten Seite der Zeitung angelangt und sah seinen Namen in geschwärzter Riesigkeit ihm entgegen blinken. Er las seine eigene Todesanzeige:

> „Am gestrigen Tag, dem 17. März, ist unser hoch geschätzter Kollege und Freund Charles C. Hemming verstorben.
>
> Die Todesursache ist noch unklar.
>
> Falls Sie sachdienliche Hinweise zum oben genannten Sachverhalt haben, bitten wir Sie, sich umgehend an die örtliche Polizeidirektion zu wenden!"

Charlie sah sich um. Der Park lag ausgestorben da. Wie immer zu dieser Jahreszeit. Es war nicht weiter verwunderlich, sah man von der Tatsache ab, dass Charlie im Grunde gar nicht hier sitzen konnte, zeitunglesend und sich über seinen eigenen Tod wundernd. Er beschloss sich endlich Klarheit zu verschaffen, wünschte sich mit ganzem Herzen Fortschritte zu machen auf seiner Suche und ging festen Schrittes erneut auf den Ausgang des Parks zu. Der kalte

Wind brannte auf seiner Haut und trieb ihm Tränen in die Augen. Ein Spaziergänger mit einem Hund lief an ihm vorbei und natürlich bemerkte ihn der Mann nicht. Was allerdings verwunderlich erschien, war die Tatsache, dass der Hund ihn sehr wohl zu bemerken schien. Er schnüffelte in seine Richtung, bellte sogar mehrmals.

Das Herrchen des Hundes war verwundert, starrte verstört in den dunkler werdenden Tag und wusste nicht recht, was er davon halten sollte. Ein verlassener Park, absolute Stille, er fühlte sich ganz allein, der Hund bellte. Das passte nicht zusammen. Charlie beugte sich zu dem Hund hinunter, streichelte leicht sein Fell und freute sich, das weiche, jedoch auch feste Haar des Tieres unter seiner Hand zu spüren. Dieser schien die Zuneigung auf irgendeine nicht zu greifende Art zu spüren und begann mit seinem Schwanz zu wedeln. Noch ein wenig verwirrter zog der Mann ungeduldig an der Leine des Hundes, der sich schwanzwedelnd und schnüffelnd weiter durch den Park zerren ließ.

Charlie hatte den Ausgang des Parks endlich erreicht und überquerte zaghaft die Grenze. Nichts geschah. Aufatmend schritt er energisch aus und schlug die Richtung ein, aus der er zwei Tage vorher ziemlich neugierig und mit einem Brombeereis in der Hand in Richtung Park geschritten war. Nur wusste er das nicht mehr.

Charlie hatte sich vorgenommen, in sein altes Büro zu gehen. Er wusste nicht recht, was er sich davon erhoffte, Antworten womöglich. Durch die kalten Straßen und den lauen Wind, den er sanft auf seiner Haut spürte, lenkte er seine Schritte zielstrebig in die Feldstraße Nr. 5. Es war ein relativ weiter Weg und weil Charlie auf nichts und niemanden Rücksicht nehmen musste, er war ja, das wusste er nun, für die Menschen um ihn herum unsichtbar, schritt er einfach quer über die Straßen, nahm keine Rücksicht, auf Autos oder Ampeln, geschweige denn auf andere Menschen. Als eine Mutter, die ziemlich verwahrlost aussah, einen Kinderwagen schiebend, seinen Weg kreuzte und fast schon apathisch immer wieder mit dem kleinen Wurm sprach, der im Kinderwagen lag, hielt er kurz inne und lauschte.

Die Mutter sagte dem Jungen immer wieder, wie sehr sie ihn liebte und dass er das Größte für sie sei. Charlie überkam ein Anflug von Trauer bei diesem Schauspiel. Sie schien es sich immer wieder sagen zu müssen, damit sie es wirklich glaubte. Nun tätschelte sie nach dem Jungen und rückte ihm die viel zu große Wollmütze zurecht, die er trug. Seltsamerweise hörte das Kind auf zu quengeln und kam zur Ruhe. Charlie trat einen Schritt näher. Die Frau hatte ein eingefallenes Gesicht, mochte um die Dreißig Jahre alt sein, doch aus der Nähe betrachtet sah sie wesentlich älter aus. Sorgen hatten ihr Gesicht gezeichnet, dachte Charlie als er neben sie trat. Er schaute sich um. Die Mutter und ihr Sohn standen ziemlich alleine auf dem Gehweg vor einem großen Juweliergeschäft. Charlie stand etwa einen Meter entfernt und schaute der Frau direkt in die Augen. Er war es schon gewohnt, dass die Leute einfach durch ihn hindurch schauten, doch diesmal war es anders, so schien ihm. Die Frau seufzte und schickte sich an den Wagen weiterzuschieben, stoppte jedoch unvermindert und starrte weiter durch Charlie hindurch. Dieser ging um den Kinderwagen herum und warf einen Blick hinein. Der kleine Junge hatte sich beruhigt und lag mit weit geöffneten Augen da. Es schien, als ob er wartete. Auf was er wartete, wusste Charlie allerdings nicht.

Er starrte den Jungen an und dieser schien ihn zu sehen. Die Augen des Kleinen wurden noch größer und seine kleinen Lippen zuckten. „Was siehst du denn da, mein Kleiner?" Die Mutter schien verwirrt, nahm ihren Sohn aus dem Kinderwagen und drückte ihn an ihre Brust. „So ein kleiner Mensch wie du kann doch kaum aus dem Wagen hinaus wollen bei diesem Ekelwetter? Also ich würde ja drin bleiben!" Sie lächelte. Der Junge drehte sich auch auf dem Arm immer wieder in Charlies Richtung. Dieser beobachtete das Ganze mit Erstaunen. Nicht nur Hunde schienen ihn sehen zu können, auch Kleinkinder zeigten anscheinend immerhin eine Reaktion. Er war sich nicht sicher, was er tun sollte, wurde er doch schon wieder abgehalten von seinem eigentlichen Plan und ewig Zeit, die hatte er wirklich nicht. Ungeachtet der Tatsache, dass ihm vom Fährmann nur vier Tage Zeit gegeben worden waren, beugte er sich dem Jungen entgegen und streichelte seine Wange. Wie eine schnurrende Katze schloss dieser die Augen und ließ es geschehen. Später sollte er sich dunkel an eine Situation erinnern, da er in seiner sonst eher schwierigen Jugend aufgrund seiner alkoholkranken Mutter, ein Gefühl der vollkommenen inneren Ruhe verspürt hatte. Ein Gefühl, dass er lange Jahre vergeblich suchte und erst im hohen Alter wiederfand.

Die Mutter jedoch schien völlig andere Gedanken zu haben in diesem besonderen Augenblick. Sie spürte eine beklemmende Stille und bemerkte das Abschweifen ihres Kindes. Erklären konnte sie es sich freilich nicht. Ein wenig sonderbar fand sie auch die Tatsache, dass Ihr Sohn sich nach etwas umdrehte, sie jedoch nicht sehen konnte, was es war. Er wurde richtig wild und strampelte gegen ihre für ihn starken Arme an bis er plötzlich Ruhe gab, den Kopf leicht in den freien Raum geneigt und genießerisch durchatmete. Sie war verwirrt. Vielleicht hatte sie Halluzinationen. Vielleicht hatte sie einfach zu wenig geschlafen, oder zu viel gearbeitet. Sie konnte es sich nicht erklären und beschloss den Jungen wieder in den Kinderwagen zu setzen und ihren Weg nach Hause fortzusetzen. „Wenigstens kann ich mir heute Abend ein oder zwei Gläser Wein gönnen", murmelte sie halblaut, als sie ihren Sohn vor sich herschiebend langsam die Straße entlang ging und schließlich hinter einer Häuserecke verschwand.

Da es schon sehr spät war, überlegte sich Charlie, dass er wohl sowieso nicht mehr das Glück haben würde, jemanden bei der Polizeidirektion anzutreffen. Er beschloss, seinen Weg trotzdem fortzusetzen und vor dem Gebäude auf der Treppe zu warten.

Es mochten zwanzig Minuten vergangen sein, als Charlie die Polizeidirektion erreichte. Es war ein altes Gebäude, vor Hunderten von Jahren erbaut, aus grauem und verwittertem Stein. Die Eingänge waren allesamt durch rubinrote Kordeln an den Treppenaufgängen gekennzeichnet. Charlie erinnerte sich, manches Mal im Morgengrauen diese Stufen hinaufgegangen zu sein und sich gefragt zu haben, wieso er sich bei seinem nicht gerade rosigen Familienleben dieses Leid auch noch in seiner Arbeit antat. Es kam ihm alles seltsam vertraut vor, er überlegte. Es war jetzt knapp 16 Stunden her, dass er es realisiert hatte, nicht mehr am Leben zu sein. In diesen 16 Stunden war viel geschehen. Als er jetzt die Steinstufen des mächtigen Gebäudes hochschritt und dieselben Empfindungen hatte wie zu Lebzeiten, machte er sich Gedanken, ob er überhaupt noch in Lage war, klar zu reflektieren, waren doch die Vorzeichen seines Besuches hier an diesem Ort, zum jetzigen Zeitpunkt völlig andere. Der Unterschied, so einfach wie pervers, lag, nüchtern und ohne Emotionen betrachtet allein darin, dass Charlie keinen Mord an einem ihm völlig Fremden aufdecken wollte, sondern den Mord an sich selbst.

Natürlich waren die schweren Eichentüren verschlossen. Er hatte es gewusst. Zu dieser Zeit war normalerweise niemand hier, an einem Samstagabend. Er setzte sich an die Seite der Treppe mit dem Rücken gegen die Mauern des alten Hauses gelehnt und schlief ein. Er würde warten müssen und das war das schlimmste.

Am nächsten Morgen erwachte er und ihm war kalt. Womöglich durch die Kälte und den Wind bedingt, war er sofort hellwach und grübelte, wie er in das Haus gelangen konnte. Nach kurzer Zeit verfiel er auf eine einfache wie gleichzeitig ziemlich absurde Idee. Er kramte in seinen Taschen und fingerte an einem Schlüsselbund, das sich in seiner rechten Hosentasche versteckt hatte. Seltsam wie die Dinge sich so fügten, dachte er halblaut, als er versuchte, den

Schlüssel ins Schloss zu stecken. Im ersten Moment wollte es nicht so richtig funktionieren. Er probierte, rüttelte und fluchte, denn seit Monaten schon hatte er der Hausverwaltung insgeheim vorgeworfen, sich die Zeit am Arbeitsplatz eher mit Kaffeetrinken und Zeitunglesen zu vertreiben, als auf die gute Gängigkeit der Schließzylinder im Haus zu achten. Das machte ihn wütend. Natürlich gab die Tür nicht nach. Charlie hatte wieder einmal vergessen, dass die irdischen Dinge, wie Türen, nun mal nicht durch ihn zu beeinflussen waren, steckte er doch irgendwo zwischen den Welten fest.

Es war kalt, obwohl die Sonne schien, als sich Greg auf den Weg zu seiner Sonntagsschicht machte. Da er gleich gegenüber der Polizeidirektion eine Wohnung hatte, war sein Weg nicht weit und er nahm sich vor, am Nachmittag noch einmal kurz nach Hause zu verschwinden, sich also nichts zu essen mit zur Arbeit zu nehmen. Seine Frau hatte Kuchen gebacken und er freute sich schon jetzt, in drei Stunden ein Stück davon genüsslich in sich hineinzuschlingen.

Greg war sehr groß. Und sehr dick. Seine Kollegen hatten es aber aufgegeben, ihn damit aufzuziehen, als sie bemerkten, was für ein ruhiger, besonnener und verlässlicher Mensch er war. Greg zog die Haustür zu und prüfte obligatorisch ob er abschlossen hatte. Das machte er immer so und war sich dessen im Grunde gar nicht mehr bewusst. Er sollte sich auf der anderen Straßenseite angekommen fragen, ob er es überprüft hatte und würde sich vornehmen das Ganze zu kontrollieren, wenn er das Stück Kuchen holen würde. Bis dahin würde er das aber auch wieder vergessen haben. Das machte er immer so. Tatsächlich trat es genauso ein. Und so würde es an jedem folgenden Tag der Woche wieder passieren. Greg liebte den Gleichmut des Lebens. Er stand in der Regel früh auf, seine Frau machte das Frühstück, sie brachten gemeinsam, an Montagen nur er, weil sie früher arbeiten musste die beiden Kinder zur Schule und trafen sich am Abend wieder, aßen gemeinsam Abendbrot und erzählten sich wie ihr Tag war. Die Kinder hatten dann meist noch eine Stunde vor dem Zubettgehen etwas von ihrem Vater und freuten sich für gewöhnlich auf das Wochenende, das gemütlich und ruhig, ganz so wie es Gregs Art war, auf dem Sofa verbracht wurde. Manch einer mag dieses Leben ohne große Höhepunkte als langweilig bezeichnen, aber für Greg war es ein Hochgenuss.

Greg stieg die Steinstufen zum Gebäude hoch und fühlte sich plötzlich eigenartig fremd vor diesem alten Haus, das er jeden Tag aufsuchte. Es schien ihm, als würde er beobachtet. Er schaute sich mehrmals um, zuckte einmal mit den Schultern auf und ab und steckte seinen Schlüssel in das Schloss. Es ging nicht so reibungslos wie sonst, ihm war als würde bereits ein Gegenstand im Schloss stecken. Er zog den Schlüssel wieder hinaus und prüfte mit Argusaugen, ob sich seine Vermutung bestätigen würde. Aber im Schloss war nichts zu sehen. Greg seufzte, dieser Tag fing ja prächtig an. Er steckte seinen Schlüssel erneut ins Schloss und ruckelte leicht. Jetzt hatte er das Gefühl etwas wäre eingerastet. Er schüttelte den Kopf und nahm sich vor, die Hausverwaltung darauf anzusprechen. Erneut. Der Schlüssel kippte nach leichtem Drücken nach links und die Tür öffnete sich quietschend. Er hatte kurz das Gefühl, dass ihn jemand an der Schulter berührt hatte und fuhr ruckartig herum, aber wie zu erwarten war, lag der Steintritt hinter ihm völlig verlassen da. Abermals schüttelte er den Kopf und trat ein. Als er drei Minuten später an seinem Arbeitsplatz saß, hatte er die Ungereimtheiten, die er beim Betreten des Gebäudes verspürt hatte, schon längst wieder vergessen. Er würde sie am Abend nicht seiner Frau erzählen, soviel war sicher.

Charlie war sich im Klaren, dass er großes Glück gehabt hatte, dass, genau in dem Augenblick, da er versuchte sich Zugang zum Gebäude zu verschaffen, um Antworten auf seine vielen Fragen zu finden, der stille Greg über die Straße gewatschelt kam und ihm die Tür aufschloss. Es war nicht spurlos an ihm vorübergegangen, dass Greg wohl irgendetwas bemerkt zu haben schien, als er die Tür aufschloss und das verwunderte ihn erneut. Er hatte ihn wohl unterschätzt. Der stille Greg schien mehr zu sein, als nur der stille Greg. Wie Recht Charlie damit hatte, wurde ihm etwas später an diesem Tag deutlich. Charlie war im Gebäude. Er hatte es nicht lassen können, Greg dankbar auf die Schulter zu klopfen, als dieser den Schlüssel im Schloss gedreht hatte und die Tür aufschwang. Zusammengezuckt war er, als Greg sich wie von der Tarantel gestochen umgedreht hatte und zu schauen, was ihn berührt hatte. Er war also wahrzunehmen. Auch von Greg.

Die Routine trat zutage und Charlies Schritte lenkten sich wie von alleine zu seinem Büro. Die Tür stand offen, was ihn verwunderte und er trat zögernd ein. Durch die hohen Fenster schien kalt das Licht eines winterlichen Tages hinein und tauchte den Raum in ein Licht, das wie geschaffen dafür schien sich mit einer Tasse Tee in einer Decke zu vergraben und das Ende des Tages abzuwarten. Seine Lethargie überwindend, sah Charlie sich um. Alles sah noch so aus, wie er es in Erinnerung hatte. Beim zweiten Hinsehen bemerkte er allerdings, dass die Schubladen seines Schreibtisches herausgezogen waren und offen ihren Inhalt preisgaben. Das verwunderte ihn, denn immer schon hatte er, ebenso wie sein Büro, auch die Schubladen seines Schreibtisches abgeschlossen. Nun ja, dachte er sich, dann muss ich wenigstens nicht auf Greg warten, damit vielleicht er mir hilft sie zu öffnen. Charlie musste lachen. Die Situation war verzwickt. Der Logik der Geschehnisse an der Eingangstür zufolge, konnte er gar nichts tun, sollte etwas nicht frei für ihn verfügbar sein, sondern sich in einem verschlossenen Behältnis befinden. Dass dieser Gedanke so nicht ganz richtig war, sollte sich allerdings schnell zeigen.

Charlie trat weiter ins Zimmer hinein und ließ seinen zerwühlten Schreibtisch erst einmal außer Acht. Am Fenster angelangt spähte er hinaus. Der Wind war kräftiger geworden und die noch blattlosen Bäume zitterten und zappelten unruhig als führten sie einen unbekannten Tanz auf. Normalerweise hätte er solch ein Wetter geliebt, wenn er arbeiten musste, aber heute musste er es nicht, konnte er es nicht. Heute wollte er Antworten. Er dreht sich herum und ging auf seinen alten Schreibtisch zu. Jemand hatte einen neuen Computer aufgestellt, eigentlich nur einen neuen Monitor. Charlie warf einen Blick auf seine Arbeitsunterlage, es war immer noch dieselbe und auch in den Boxen steckten immer noch dieselben Stifte. Sein Autoschlüssel lag neben der Maus, das verwunderte ihn und geistesabwesend tastete er die Taschen seiner Jacke ab. Er hatte tatsächlich keinen Autoschlüssel dabei. Wie war der also hierhergekommen? Charlie runzelte die Stirn. Alle seine Schlüssel waren an einem einzigen Schlüsselbund gewesen. Sein Autoschlüssel, sein Haustürschlüssel von zu Hause und sein Schlüssel für die Polizeidirektion. Doch der hing nun draußen in der Eingangstür. Links neben dem neuen Monitor stand immer noch das alte Bild von ihm und seiner Ex-Frau, wie sie lachend in die Kamera blickten, Charlies Arm leicht um ihre Schulter gelegt. Er beschloss, sich später mit dem Bild zu beschäftigen. Er fand es seltsam, dass zwar ein neuer Monitor aufgestellt worden war, aber ansonsten alles so war, wie er es verlassen hatte. Vielleicht, so dachte er sich, war vor dem Wochenende einfach keine Zeit mehr gewesen.

Charlie wandte sich nun den Schubladen zu, die halb, oder völlig offen aus dem Schreibtisch herausragten. Er schob den Bürostuhl beiseite, der ein paar Brandflecke aufwies, auch das war seltsam und kniete sich neben den Schreibtisch. Die oberste Schublade war seine Schublade für *Dienstliches* gewesen, doch das Schild, das bemerkte Charlie sofort, war abgerissen worden. Er schaute neugierig hinein und sah zu Oberst einen alten Fall liegen, den Mord an einem kleinen Mädchen, Ella Brentson. Es mochte vielleicht ein Jahr her sein. Sie war von zu Hause entführt worden, um Lösegeld vom Vater zu erpressen, der erfolgreicher Leiter einer kleineren, örtlichen Bank war. Der Vater weigerte sich jedoch mit dem Entführer zu verhandeln und als Charlie endlich auf die Spur dieses perfiden Menschen gekommen war, konnten er und sein Team nur noch den Tod des Mädchens feststellen. Charlie konnte sich erinnern, dass er zu dem Zeitpunkt als der Vater seine Tochter praktisch aufgab, nicht nachvollziehen konnte warum er dies tat. „Wir dürfen bösen Menschen durch unsere menschliche Ader und Verletzlichkeit nicht Tür und Tor öffnen..." hatte der Vater damals immer wieder gesagt. Für das Mädchen kam jede Hilfe zu spät, Sie war erdrosselt worden.

Charlie legte das Papierbündel zur Seite und zog den nächsten Fall nach oben. Der Fall McMillan. Da er der Meinung war, dass ihn dieses in Erinnerungen an seine Arbeit schwelgen nicht weiterbringen würde, dass er schnell fündig werden musste, weil er nur vier Tage Zeit hatte, legte er den Fall zurück, schob den „Ella-Fall" sorgfältig darüber und schloss die Schublade mit einem, wie Charlie im ersten Moment dachte, leisen Ruck. Weil es im Raum und im ganzen Flur ansonsten aber so außerordentlich still war, hallte dieser Knall für Charlies Geschmack viel zu laut von den Wänden wider. Greg, der sich drei Zimmer weiter im Westflügel des Gebäudes gerade einen Kaffee eingoss und noch nicht das Radio eingeschaltet hatte, schreckte das erste Mal auf.

Charlie nahm sich die nächste Schublade vor, die normalerweise sein *„Privates"* enthielt. Auch dieses Schild war abgerissen und die Schublade war wesentlich weniger abgegriffen. Charlie hatte sie kaum benutzt. Der Messinggriff leuchtete noch genauso wie vor 7 Jahren als Charlie den neuen Schreibtisch bekommen hatte. Er zog die Schublade ganz auf und erhaschte einen Blick auf sein eigenes Gesicht, wie es verquollen und völlig entstellt im Licht eines Scheinwerfers dalag. Jemand hatte Charlie zum Fall gemacht und das Papierbündel mit den Fotos scheinbar achtlos in die Schublade geworfen. Doch da gehörte dieses Ding eigentlich gar nicht hin. Charlie runzelte die Stirn und fragte sich, wie das sein konnte und wer es wohl gewesen war. Vorsichtig nahm er den Stoß Papier aus der Schublade, setzte sich auf seinen Stuhl und schob sich mit leichtem Quietschen der Rollen des Stuhls auf dem Parkettboden an seinen Schreibtisch heran. Auch dieses Quietschen konnte Greg hören, dachte aber, dass er wohl etwas zu wenig Schlaf bekommen hatte oder schob es auf eine Tür, die im Wind, der durch ein offenes Fenster hereinwehte, knarzte.

Charlie blätterte die erste Seite auf und las den einleitenden Bericht des Polizeipräsidenten, der immer von diesem geschrieben wurde, wenn ein Kollege aus ungeklärten Ursachen oder im Einsatz ums Leben kam. Und hier ging der Präsident von Mord aus:

„...am 17. März gegen 05:30 wurde im städtischen Park die Leiche von Charles Christian Hemming aufgefunden. Sein Körper erfuhr eine große externe Gewalteinwirkung, durch sowohl stumpfe, als auch spitze Gegenstände. Zu konstatieren sind 3 gebrochene Rippen, ein ausgeschlagener Halswirbel (C4) mehrere Hämatome, vor allem im Abdomen und ein langgezogener Riss der Bauchdecke im Torso. Unwahr-

*scheinlich ist, dass diese Verletzungen von **einer** einzelnen Person herrühren. Es ist davon auszugehen, dass es sich um mehrere Täter handelt..."*

Charlie blickte kurz auf, weil draußen eine Wolke die Sonne verdeckt hatte und es im Raum merklich dunkler geworden war. Auch kälter. Doch Charlie fror nicht. Er war gefesselt von dem Bericht. Auch konnte er sich nicht erinnern, aktiv wahrgenommen zu haben, dass jemand Fotos von der Leiche, also von ihm, gemacht hatte. Er las weiter:

"...Die Brutalität mit der bei der Tat vorgegangen wurde, lässt auf einen Raubüberfall schließen, obwohl dem Opfer keinerlei Wertgegenstände fehlten. Wieso sich C. C. Hemming im Park befand ist nicht bekannt. Auch ist noch völlig unklar, ob er dort gestorben ist, oder an anderer Stelle und anschließend in den Park verbracht wurde. Durch die Kälte (-7° C) wurde die Leiche in ihrer Form und Güte gänzlich er-

halten. Die Kälte verhinderte somit einen Zerfallsprozess im weiteren Sinne…"

Charlie blickte erneut auf. Diesmal jedoch weil er ein Geräusch vernommen hatte. Er schaute zur Tür und erkannte Greg, der in den Raum spähend, die Kaffeetasse in der Hand haltend im Türrahmen stand. Charlie hatte sich erschrocken. Greg konnte nichts erkennen. Charlie verhielt sich so still er konnte, hatte er doch in diesem Augenblick vollkommen vergessen, dass Greg ihn nicht sehen konnte. „Charlie?", flüsterte Greg. Charlie war verwundert. Konnte das wahr sein, oder hatte Greg nur einer Ahnung folgend gefragt? Greg trat einen Schritt ins Zimmer und legte die Stirn in Falten, ob der Unordnung auf Charlies Schreibtisch. Er nahm einen tiefen Schluck aus seiner Kaffeetasse und ging auf ein Fenster zu, blickte hinaus und verharrte kurz. Charlie bemerkte, dass Greg sehr flach atmete. Er schien Angst zu haben. Das, fand Charlie war doch reichlich absurd. Greg stand für sein Empfinden ja in einem an sich leeren Raum. Während Greg aus dem

Fenster starrte und sich mit Gemurmel zu beruhigen versuchte, „Hier ist niemand Greg, das ist Blödsinn, das siehst du doch...", beobachtete Charlie ihn. Er wagte es nicht, umzublättern, irgendein Geräusch zu machen, sich zu bewegen. Die Spannung, die im Raum lag, war fast greifbar. Nun atmete auch Charlie flacher und hoffte, dass Greg den Raum schnell wieder verlassen würde. Er ahnte nicht, dass das schneller passieren würde, als ihm lieb war.

In die Stille hinein flog das Fenster aus dem Greg auf die Straße blickte, plötzlich mit so ungeheurer Wucht nach innen auf, dass dieser das Gleichgewicht verlor und sich verdutzt auf dem Boden wiederfand. Und solch einen Berg von Mensch, wie Greg einer war, warf nichts so leicht um. Charlie konnte sehen, wie Gregs Augäpfel sich nach hinten in seinen Kopf drehten und er anfing zu sabbern und nach Luft zu schnappen. Doch dieses Schauspiel war nicht genug. In Charlies Kopf dröhnte eine kalte Stimme und sie klang bedrohlich: „Du ziehst Menschen mit hinein, die nichts damit zu tun haben dürfen! Ihre Zeit ist noch nicht gekommen. Lass ab davon!"

Der letzte Satz war mehr ein wütendes Zischen, denn ein wirklich gesprochener Satz und Charlie sprang auf. Er war so erschrocken, dass er nicht wusste wohin. Er wollte den Bericht mitnehmen und griff danach. Doch durch einen Windzug flatterte das ans ich schwere Bündel Papier auf die andere Seite des Raumes. Es war kalt geworden im Raum, Charlie fühlte sich unwohl und beschloss verzweifelt, zu gehen. Er wollte nicht, dass Greg etwas zustieß, er konnte wahrlich nichts dafür, dass Charlie gerade heute hier war und nach Antworten suchte.

Charlie wandte sich zur Tür, entschied sich dann anders, hechtete nach der Akte, griff sie in einer flüssigen Bewegung und schaute zu Greg. War zuerst der Stuhl wie von Geisterhand zurückgeflogen, schwebte nun ein Stapel Papier durch die Luft, eine Akte. Greg war wieder zu sich gekommen, jedoch immer noch benommen. Er konnte nicht glauben, was er sah. Ein kräftiger Windzug peitschte durch das offene Fenster in den Raum. Langsam richtete Greg sich auf und ging einer Eingebung folgend aus dem Raum heraus in Richtung der Haupttür. Dort angekommen öffnete er diese und sah das Papierbündel an sich vorbeischweben, nach draußen. Er wagte es nicht, danach zu greifen, zu sehr war er immer noch gefangen in Angst und Ungewissheit. Seine Glieder zitterten wie Espenlaub und er konnte sich nicht erinnern, sich jemals so gefühlt zu haben. So schwach und hilflos, so klein und unbedeutend. Als der Stoß Papier in etwa auf seiner Höhe war, spürte er wieder etwas auf seiner Schulter. Als würde ihn jemand berühren. Ein Gefühl wohliger Wärme breitete sich in ihm aus und zauberte ein verblüfftes Lächeln auf sein Gesicht. „Du wirst doch nicht…", stammelte er, schüttelte den Kopf und verharrte noch etwa vier Minuten regungslos und beobachtete den Stapel Papier, wie er sich langsam wippend die Straße hinunter entfernte. Nach einigen Metern wurden seine Umrisse undeutlicher und schließlich verschwand er zur Gänze. Er wusste es irgendwie. Charlie war hier gewesen. Obwohl es eigentlich ja tot war aber darüber, dachte Greg, sollten sich andere Gedanken machen...

Charlie hatte zunächst was er wollte. Eine Akte über ihn selbst. Über seinen eigenen Todesfall. Erleichterung machte sich bei ihm breit. Vielleicht war dieses ganze hirnrissige Unterfangen doch nicht so aussichtslos, wie es zuerst schien. Einzig und allein die Tatsache, dass der Fährmann sich erneut eingemischt hatte, machte Charlie Sorgen. Dieser „Fährmann" schien ihn zu beobachten, jeder seiner Schritte schien für ihn offen zu liegen, wie Orte auf einer Landkarte für den findigen Betrachter. Und was Greg anging? Charlie war sich nicht sicher was er fühlen sollte. Glückseligkeit, ob der bloßen Anwesenheit Gregs an diesem Sonntag, denn ohne ihn, das wusste Charlie, hätte er heute hier gar nichts bestellt. Oder sollte er verblüfft sein, von der Entschlussfreudigkeit Gregs, von der Fähigkeit in kurzer Zeit richtige Entscheidungen zu treffen und sich auch von unvorhergesehenen Ereignissen nicht aus der Bahn werfen zu lassen? Für Charlie war Greg immer ein, wie sagte man, „stilles Wasser" gewesen. Aber ihm fiel ein anderes, ein ähnliches Sprichwort ein, dass die Menschen gerne unvorsichtig und bei den schlechtesten Gelegenheiten verwenden, meist nicht wirklich wissend, was sie mit dieser Äußerung eigentlich sagen, denn im Grunde wollen sie nur reden. Diesmal traf es aber wohl zu, so Charlies Meinung. Mit einem Blick auf seine Akte, von der ihn immer wieder seine eigene Leiche anstarrte, bemerkte er halblaut und mit einem Schmunzeln: „Stille Wasser sind wirklich ziemlich tief.

HEIMWÄRTS

An kalten Herbsttagen, wenn der Wind unerbittlich und kalt um die Ecken der Häuser pfiff und die Bäume durchschüttelte, um die letzten verbliebenen Blätter mit aller Gewalt von den Ästen zu reißen, war Charlie oft froh gewesen, nicht draußen sein zu müssen. Lieber saß er nach langen Tagen stundenlang auf der Couch und las Bücher. Bücher, die über Menschen berichteten, die oft genug genau dieses Wetter nutzten, um anderen Menschen das Leben zu nehmen und sich am Leid ihrer Opfer zu ergötzen. Charlie hatte sich oft gefragt, wieso diese Menschen, die im Grunde für ihn nichts Menschliches in sich hatten, sich gerade diese Witterungsbedingungen aussuchten, um ihrer widerlichen Unart nachzugehen.

Er selbst hätte es, so dachte er oft, bevorzugt an einem schönen, lauwarmen Sommertag so etwas zu tun, dann war es wenigstens warm und trocken. Nichts hasste er mehr als frierend und kalt, durchnässt und sich elend fühlend, den Tag im Freien verbringen zu müssen. Es ekelte ihn regelrecht, wenn das Wasser in den

Stiefeln patschte und nicht einmal die Innentaschen der Jacke trocken genug waren, um sich in ihnen die Hände aufzuwärmen.

Wenn Charlie also oft so dasaß auf seiner Couch und die Romane las, die von kranken Mördern handelten, die ihre Opfer im strömenden Regen in Seen lockten, sie brutal töteten und sie schließlich dazu missbrauchten, eine Art Regentanz im Wasser aufzuführen, wurde ihm nicht selten bewusst, dass er genau mit solchen Menschen tagtäglich zu tun hatte und sich im Grunde nicht erklären konnte, wieso ihm die Arbeit Spaß machte. Sicherlich war er ein Verfechter von Gerechtigkeit und Gleichheit, das war schon immer so gewesen, auch als er noch ganz klein gewesen war. Aber das allein war es nicht. Ihm war immer, als würden ihn solche Menschen auf eine sehr widerwärtige Art und Weise faszinieren und fesseln. Er wollte ergründen, wieso man so etwas tat und wie man so denaturiert sein konnte, dabei auch noch Freude und Genugtuung empfinden konnte.

Die Leidenschaft, für diese im Grunde abscheulichste Seite der menschlichen Rasse, war über kurz oder lang auch der Grund gewesen, wieso seine Frau sich von ihm getrennt hatte. Sie konnte es irgendwann nicht mehr ertragen, dieses ständige Fiebern nach neuen Fällen und neuen „interessanten Menschen" wie Charlie es ausdrückte. Sie bezeichnete ihn oft als mindestens genauso krank und wünschte sich nicht selten, er möge doch bitte diesen Job an den Nagel hängen und etwas „Vernünftiges" machen. Charlie hatte dann oft geantwortet, dass irgendwer diese Arbeit ja machen müsste und dass er nun ja auch wahrlich nicht der Schlechteste seines Faches war. Insgeheim wollte er aber nicht, dass seine Frau den wahren Grund mitbekam und nach Außen verkaufte er seine Arbeit auch gern als „geringes Übel". Das machte er mitunter so gut und geschickt, dass er nach einigen Jahren selbst daran glaubte und den eigentlichen Grund seiner Passion für diesen Beruf mehr und mehr in sein Unterbewusstsein zurückschob. Nur wenn er über einer frischen Leiche saß und sie untersuchte, war es ihm oft, als könnte er sich kaum halten vor Freude und Begeisterung über so viel menschliches Leid.

Charlie hatte sich nach dem Vorfall mit Greg von der Polizeidirektion entfernt und war in Gedanken versunken. Seine Füße schienen sich ganz von alleine zu bewegen und lenkten seine Schritte zu dem Ort, den er als erstes im Sinn hatte, als er überlegte, wo er zu suchen hatte. Heimwärts. Er hatte darüber nachgedacht, was Greg gesagt hatte, dass er ihn wohl gespürt haben mochte. Dass Charlie sich noch keinen rechten Reim darauf machen konnte, wer ihn denn nun bemerken konnte und wer nicht, zermarterte sein Hirn. Generell befand er sich in einer Lage, die für einen lebendigen Menschen nur sehr schwer zu greifen sein mochte. Denn genauso wenig, wie sich ein gesunder Mensch in einen depressiven Menschen hineinversetzen kann und immer wieder auf Sätze wie: „Reiß dich zusammen!" oder „Dräng dich doch selbst nicht immer in die Opferrolle", verfällt, um seine eigene Ratlosigkeit zu überdecken, weil er einfach nicht nachvollziehen oder ansatzweise verstehen kann, wie sich der depressive Mensch fühlt, kann ein lebendiger Mensch sich nicht auch nur im Geringsten vorstellen, wie es ist, tot zu sein. Auch Charlie konnte das nicht. Natürlich nicht. Er war ja lebendig. Ein Zusammenhang so logisch und einfach, wie weitreichend in seinen Konsequenzen. Charlie fühlte sich seit der Entdeckung, dass er tot war, seltsam fremd auf der Welt, in den Straßen, unter den Menschen, die er kannte. Er fühlte sich tatsächlich „tot", ein besseres Wort dafür gab es nicht. Er fühlte sich innerlich abgestorben und äußerlich unverwundbar, von einem Ziel getrieben, kalt und regungslos. Nur in Momenten, die ihn an sein früheres Leben erinnerten, an Personen, Geschehnisse, Dinge, die ihn im Leben hatten aufatmen lassen vor Glück oder Ehrfurcht, wurde ihm deutlich, dass er eben doch noch nicht ganz in die Welt der Toten hinübergeglitten war. Es war diese Form der „Zwischenwelt", die den Reiz der Situation ausmachte und Charlie befand sich mitten darin.

Den Polizeibericht hatte Charlie immer noch dabei, jedoch wollte er doch keine Aufmerksamkeit erregen. Und eine durch die Luft wippende Akte erregte mit Sicherheit Aufmerksamkeit. Aus diesem Grund hatte er die Akte, so gut es eben ging, beim Laufen unter seinen Arm geklemmt und kam sich seltsam geschäftig vor, wie ein Mann, der zu einem wichtigen Meeting eilte. Tatsächlich wusste Charlie nicht, was ihn in seinem Haus erwarten würde. Sehr wahrscheinlich war, dass niemand dort war. Er konnte sich bei bestem Willen nicht vorstellen, wer dort bei ihm zuhause sein sollte. Seine Ex-Frau? Nein. Sie war weggezogen vor etwas mehr als 11 Monaten. Sie war weit weg und hatte sich dabei nicht nur im Kopf von Charlie entfernt. Sie hatte nicht gewollt, dass er noch Umgang mit seiner Tochter pflegte und hatte das alleinige Sorgerecht für ihr gemeinsames Mädchen Emily erwirkt. Charlie wusste, dass sie es nur gut meinte, aber recht nachvollziehen konnte er diesen Schritt damals nicht und heute noch weniger. Er war nie ein schlechter Vater gewesen. Hatte nie einen schlechten Einfluss auf seine Tochter gehabt. Das einzige was er hatte, war zu wenig Zeit. Damals. Und nun erst recht.

Phil hatte ihn nach der Trennung gefragt, wieso es soweit kommen musste mit ihm und Isabelle, seiner Frau. Charlie hatte es ihm nicht sagen können. Er schämte sich zu sehr dafür. Der Vorfall, nach dem Isabelle ihre Sachen packte, Emily schnappte und das gemeinsame Haus verließ, brannte auch nach diesen langen Monaten noch sehr deutlich in seinem Bewusstsein. Wie eine schwelende Glut, die einfach nicht ausgehen will und alles verschlingt, was im Ansatz nur eine glückliche Erinnerung oder Regung in Bezug auf die gemeinsame Zeit verhieß. Charlie wurde immer noch leicht wütend, wenn er an diesen einen, entscheidenden Abend zurückdachte. Er war sehr spät nach Hause gekommen und hatte einen schweren Tag hinter sich. Isabelle hatte den Tag zu Hause verbracht, sich wie immer liebevoll um Emily gekümmert, hatte sie zur Schule gebracht und auch wieder abgeholt. Sie hatte das Haus geputzt, um die Mittagszeit einen netten Plausch mit dem Postboten gehalten und als Emily am Nachmittag mit den Nachbarskindern Drachen steigen ließ, hatte sie sich ein Bad eingelassen und war im warmen Wasser eingeschlafen. Als sie erwachte, schien sich ein böser Gedanke in ihrem Kopf eingenistet zu haben. Ohne Grund fluchte und fauchte sie über die sinnlosesten Kleinigkeiten und wartete gespannt auf Charlie. Sie hatte sich vorgenommen mit ihm zu reden. Worüber sie tatsächlich reden wollte, wusste zu diesem Zeitpunkt jedoch nur ihr Unterbewusstsein. Was sie jedoch wusste war, dass sie es leid war.

Sie war es Leid nur zu Hause zu sitzen und anders als früher niemanden mehr kennen zu lernen. Sie war es leid, sich ganz alleine um Emily kümmern zu müssen, das Haus alleine in Schuss zu halten und generell eigentlich immer für alle da zu sein. Nur für sie blieb keine Zeit. Bevor sie das Bad genommen hatte, wusste sie nicht mehr, wie lang die letzte halbe Stunde zurücklag, die sie ganz allein für sich in Anspruch genommen hatte. Sie wusste es nicht mehr. Das machte sie traurig, ja fast verzweifelt. Und wer hatte Schuld an diesem ganzen Desaster? In Ihren Augen natürlich Charlie, obwohl dieser, und auch das wusste Isabelle, sich keiner Schuld bewusst war oder jemals sein würde.

„Spät kommst du mein Hase!", sagte Isabelle und küsste ihren Mann auf die Wange, als er das Haus durch die Hintertür betrat. Das sagte sie eigentlich immer so aber heute, das bemerkte Charlie sofort, hatte ihr Ton nichts Liebevolles. Die Art und Weise, wie sie diesen Satz zur Begrüßung sagte, erinnerte Charlie an ein kaltes Schwert, dass mit entsetzlicher Wucht etwas Warmes in zwei Hälften zerschlug. „Dieser Fall mit dem Mädchen hat mich einfach nicht losgelassen, tut mir Leid...", antwortete Charlie kurz angebunden und hängte seine Jacke müde an einen freien Kleiderhaken an der mit Eichenholz getäfelten Wand im Hausflur. „Was gibt es zu essen und wie war dein Tag?", fragte er nun und sofort nachdem seine Lippen diese Worte geformt hatten, bereute er seine Worte. Isabelle seufzte und sah ihren Mann, als wollte sie nur umarmt werden, doch als Charlie sich von ihr abwandte, weil er in diesem Augenblick, so kurz nachdem er das Haus nach einem langen und anstrengenden Arbeitstag betreten hatte, einfach die Kraft und Zuneigung, nicht aufbrachte, die nötig gewesen wäre, machte Isabelle eine unwirsche Handbewegung und stürmte die Treppe hinauf. Charlie seufzte nun seinerseits. Er wusste instinktiv, dass er es nicht besser machen würde, wenn er hinterhergehen würde, um reinen Tisch zu machen, aber irgendetwas veranlasste ihn dennoch dazu hinterherzustürmen.

Er hatte das Obergeschoss noch nicht betreten, als er rief: „Bella, wir müssen reden!" Kaum hatte er den Satz gesagt, sprang Isabelle ihm aus der Badezimmertür entgegen und rief mit schneidender Stimme: „Das müssen wir allerdings! Nie bist du zu Hause! Ich bin hier immer alleine. Außer dir habe ich niemanden! Das macht mich krank!" Und mit einem Blick um sie herum und hilflos die linke Hand hebend setzte sie hinzu: „Du…. Das alles hier macht mich krank!" Charlie runzelte die Stirn aber anstatt etwas liebevolles, etwas Beschwichtigendes zu erwidern, zuckte er nur mit den Schultern. „Es ist nicht zu glauben! Du hast dich so sehr verändert Charlie! Du bist nicht mehr der Mann, in den ich mich verliebt habe! Du machst mich krank, du…" „Ich mache dich krank? Ich habe mich verändert?" Charlie hatte seine Frau tonlos unterbrochen. Er war wirklich nicht in der Stimmung sich jetzt und hier zu streiten und solch eine Grundsatzdiskussion zu führen aber er sah ein, dass es wohl oder übel sein musste. Isabelle bemerkte seine zurückhaltende Reaktion und seine Zweifel und wähnte sich in der überlegenen Position und ihre Stimme wurde lauter: „Wann haben wir beide etwas Zeit für uns gehabt!? Du bist so kalt zu mir! Es ist deine Art, die mich erfrieren lässt, direkt neben dir und du brennst nur für diese ganzen Leichen und hundsgemeinen Schweine, die andere Menschen umbringen Gott spielen? Reicht dir das? Ich…" Charlie unterbrach sie leise aber bestimmt: „ Bella, wir hatten diesen Streit schon so oft. Ich habe dir immer wieder gesagt, dass ich dich liebe, was soll…"

„DAS REICHT MIR NICHT MEHR!

DU REICHST MIR NICHT MEHR!"

Isabelle hatte geschrien und Charlie war zurückgewichen. Sie hatte sich ein wenig selbst erschrocken, wie sehr die ganze Verbitterung über ihr Dasein aus ihr herausgebrochen war. Dieser kurze Moment der Stille reichte aus, um Emily aus ihrem Zimmer herauszulocken. Vorher hatte sie sich nicht getraut. „Ihr sollt euch nicht streiten, bitte…", wimmerte sie leise und zog sich wieder ein wenig in den Spalt zwischen ihrer Zimmertür und dem Türrahmen zurück. Charlie war betroffen und konnte es nicht ertragen, seine kleine Tochter so zu sehen. Langsam ging er auf seine wutentbrannte Frau zu und breitete die Arme aus, um sie zu umarmen. Er flüsterte ihr Dinge zu, von denen er hoffte, sie mögen dazu beitragen, dass Isabelle sich beruhigte und wieder zu Verstand kam.

„Schatz, bitte lass uns nicht streiten...nicht vor der Kleinen...bitte nicht...ich bin so müde...ich ertrage das hier jetzt nicht...lass uns bitte nicht streiten, ich liebe dich" Im ersten Moment schien es fast so, als würde Isabelle es geschehen lassen, als würde sie sich umarmen lassen, als wäre alles wieder gut. Als jedoch Charlies Hände seine Frau an den Schultern berührte schlug sie diese weg und wimmerte „Fass mich nicht an bitte! ICH ertrage das nicht, bitte..." Charlie reagierte wütend: Komm schon! Sei nicht so zu mir, ich habe dir nichts getan..."

Die beiden gerieten in ein Handgemenge, Charlie versuchte seine Frau immer wieder zu umarmen, Bella stieß seine Hände immer wieder fort. Charlie wurde grober und das Handgemenge heftiger. Plötzlich klatschte es einmal laut und Bella zuckte zurück. Charlies rechte Handfläche brannte. Er hatte seine Frau gerade geohrfeigt. Völlig sprachlos wollte er näher an sie heran, sie umarmen, sich entschuldigen, doch sie stieß ihn atemlos weg. Emily begann zu weinen. Bella brüllte Charlie an: „DU BIST DAS LETZTE!", wandte sich Emily zu, nahm sie auf den Arm und rannte die Treppe hinunter. Dann war sie gegangen.

Charlie hatte sich an die Wand einer kleinen Lagerhalle gelehnt wiedergefunden. Er war aus seinen Erinnerungen hochgeschreckt, wie jemand, der prustend die Wasseroberfläche durchstößt, damit seine Lungen nur ein wenig von dem so dringend notwendigen Sauerstoff erhaschen, der die Kapillargefäße füllt und sich von dort aus in die Weiten der menschlichen Arterien verflüchtigt, bis das Blut schließlich zum Herzen gelangt und mit einem Ruck erneut in Tiefen des Körpers hinausgeschleudert wird. Genauso fühlte sich Charlie in diesem Moment. Erdrückt. Entrückt. Geschockt. Die Erinnerung war so deutlich, er konnte fast riechen, wie Bella vor ihm stand, er spürte den leichten Schmerz in seiner Handfläche, von dem zu festen Schlag…

Er schloss die Augen und atmete tief durch. Die Lagerhalle hatte er beim ersten Blick erkannt. Er war fast zu Hause. Zwei Straßen waren es noch. Und mittlerweile war es dunkel geworden. Später Nachmittag in diesem März. Getrieben vom Wunsch, weitere Antworten auf seine vielen Fragen zu erhaschen, schleppte er sich die letzten Meter zu seinem Haus und als er vor der Tür stand, strömten im ersten Augenblick so viele Erinnerungen auf ihn ein, gute und schöne, genauso wie schlechte und abscheuliche, dass er zuerst gar nicht bemerkte, dass die Haustür nur angelehnt war und das Holzscharnier rings um das Türschloss zerborsten war. Mit einem Blick erkannte er, dass sich hier jemand mit einem Stemmeisen zu schaffen gemacht hatte. Charlie hatte immer die Devise vertreten, dass wenn jemand ins Haus wollte, aus welchem Grund auch immer, er auch ins Haus kam. Dann vermochten noch so viele Schlösser und Schließvorrichtungen nicht helfen oder den Eindringling davon abhalten ins Haus zu gelangen. Charlie musste schmunzeln. So wie er über gewisse Dinge dachte, dachten viele nicht. Oft schon hatte er sich anhören müssen, dass er völlig verquere Ansichten vertrat, oft waren sie aber nur eine logische Abwandlung der Meinung, die alle für die beste hielten. Solange Charlie sie jedoch für die beste hielt, war ihm oft gleich gewesen, was die anderen dachten.

Die Haustür stand also offen. „Seltsam..." murmelte Charlie, wie verrucht und abscheulich, wie abgebrüht musste man sein, dass man jemanden erst kaltblütig und brutal ermordet und danach in sein Haus einbricht und sich an seinem Eigentum labt? Charlie lehnte sich gegen die Tür und drückte sie weiter auf, trat in den Flur, welcher, übersät mit allerlei Ästchen und Schmutz von draußen und zwei oder drei Jacken, die von der Garderobe gefallen waren, verlassen und dunkel dalag. Charlie schlich zunächst zur Treppe, denn er hatte sich vorgenommen, zunächst seine Akte loszuwerden und sich dann eingehender mit seinem Haus zu beschäftigen. Als er die Treppenstufen hinaufstieg knarrten diese laut und deutlich. Charlie machte sich keine Gedanken darüber, ob ihn jemand hörte, denn wenn, dann sahen sie oder er oder wer auch immer ihn ja nicht. Auf halber Höhe der Treppe fiel Charlie ein, dass er die Haustür nicht verschlossen hatte und einem alten Instinkt folgend ging er wieder hinab um sie zu verschließen. Bevor er das tat, streckte er seinen Kopf aus der Tür und schaute auf die verlassene Straße. Erst nach links, dann nach rechts. Nichts Ungewöhnliches fiel ihm auf. Nur ein paar Lichter von herumfahrenden Autos, Kinderschreie von dem Spielplatz hinter der Straße. Nichts Außergewöhnliches. Charlie zog seinen Kopf zurück und ließ die Tür mit einem gewaltigen Knall ins Schloss fallen. Augenscheinlich hatte der Wind eine helfende Böe gesandt.

Als sich der Aufruhr gelegt hatte und Charlie seine Jacke in die Ecke geworfen hatte, wohlweißlich, dass niemand sie würde sehen können durchquerte er den Türrahmen zum Wohnzimmer und erschrak. Mitten zwischen den Sesseln und dem Sofa standen eng umschlungen Phil und Bella. Charlie riss in seiner Hast sich hinter einer großen Vase niederzukauern, einen kleinen Beistelltisch um und ärgerte sich über seine eigene Dummheit, denn sehen, das sollte er mittlerweile eigentlich wissen, konnten sie ihn nicht. Von dem polternden Geräusch des umfallenden Tisches aufgeschreckt, lösten sich Phil und Bella aus ihrer Umarmung und schauten irritiert in die Richtung aus der das Geräusch gekommen war. Als Bella den Beistelltisch dort liegen sah, war sie sich nicht sicher, ob es schon so gewesen war, als sie hereingekommen waren. Sie mussten auch die Tür einen Spalt weit aufgelassen haben, denn eben war sie laut hörbar ins Schloss gefallen. In letzter Zeit, so fand sie, gingen einige merkwürdige Dinge vor. Phil hatte von einer merkwürdigen Kälte gesprochen, als er am Tatort Charlies Leiche begutachtet hatte, von einem Windzug und, so lächerlich es auch klang, von einer Ohrfeige aus dem Nichts.

Charlie hielt in diesem Moment unwillkürlich die Luft an und fragte sich, wie lange seine Ex-Frau denn noch auf die Stelle starren wollte, an der der Beistelltisch gestanden hatte. Er fragte sich außerdem, was Bella hier wollte, weshalb sie nicht in Indonesien war. „War wohl nur der Wind!", sagte sie und wandte sich wieder Phil zu. Die beiden sahen sich lange in die Augen, gaben sich letztendlich einen sanften Kuss und ließen sich eng umschlungen auf das Sofa sinken. Charlie traute seinen Augen nicht und rieb sich verwundert. Phil und Bella eng umschlungen? Sich küssend? Was war hier passiert?

Charlie konnte sich nur mit Mühe aus seinen Gedanken lösen und stand ruckartig auf. Er zitterte am ganzen Körper. Vor Wut? Vor Abscheu? Vermutlich von beidem etwas. Er schlich ein paar Meter weiter in den Raum hinein, um das leise geführte Gespräch der Beiden mitbekommen zu können. „Er war einfach tot, er lag einfach da, er muss mit ungeheurer Kraft getötet worden sein, ich konnte mir das nicht lange ansehen, er sah vollkommen erschrocken aus…" Phil seufzte laut hörbar. Augenscheinlich schien es ihm Leid zu tun. Was ihm nicht Leid tat war aber anscheinend, dass er hier mit der Ex-Frau seines besten Freundes, Händchen haltend wie zwei verliebte Teenager auf der Couch seines besten Freundes, im Haus seines besten Freundes saß, der tot war. Charlie war verbittert. Er konnte sich in seinem Leben doch nicht auf der einen Seite so sehr in seinen Mitmenschen geirrt haben und auf der anderen Seite sich wie ein solches Arschloch verhalten haben, dass die Menschen, die ihm einst am Nächsten waren, ihn so sehr hassten, dass sie ihn umbrachten.

Und so sah es im Augenblick für Charlie aus. Allem Anschein nach, hatten sich Phil und Bella ineinander verliebt und den Weg des geringsten Widerstands gewählt, um es Charlie beizubringen. Nämlich gar nicht, sondern ihn aus dem Weg zu räumen... Bellas Stimme durchschnitt Charlies Gedanken und mit einem Mal war er wieder aufmerksam: „...und ich wollte das alles gar nicht. Damals, als wir uns getrennt haben, war mir nicht klar, was das mit ihm machen würde. Dass er darauf mit Alkohol und Drogen reagiert, habe ich nicht geahnt. Er hat ja völlig den Faden in seinem Leben verloren, er..."

Charlie runzelte die Stirn. Drogen? Alkohol? Nie hatte er solche Dinge getan? Vor allem nicht in der Zeit vor seinem Tod. Woher hatte sie diese Information? Wer hatte denn so einen Schwachsinn erzählt?

Phil beantwortete ihm seine Frage schneller als ihm lieb war: „ Er hat es mir im Vertrauen gesagt am Abend bevor er... umgebracht wurde. Ich wusste nicht was ich sagen sollte, das schien mir so gar nicht zu ihm zu passen, er hat sowas doch nie gemacht! Ich..." Charlie wollte nicht glauben, was er da hörte. Phil log. Und zwar dreist. Aber wieso tat er das? Das ergab doch keinen Sinn! Wollte er Charlie vor Bella in einem schlechten Licht da stehen lassen? Das musste er aber wirklich nicht, denn Bella dachte wahrlich schlecht genug von ihm...
Wie aus dem Nichts fing Bella an zu schluchzen und Charlie schrak auf, trat noch etwas näher an die Couch heran, blickte kurz aus dem Fenster und lauschte dann dem Murmeln, welches die Schluchzer Bellas gerade eben durchdrang: „Oh mein Gott, ich habe ihn umge-

bracht... ich wollte das doch nicht, ich habe ihn geliebt..." „Sag nicht sowas! Du bist nicht schuld an seinem Tod!" „Doch! Ich habe ihn verraten und nun ist er fort!" „Nein! Du hast doch nur logisch gehandelt, du warst dazu gezwungen! Du hast keinen Fehler gemacht!"

Charlie trat noch einen Schritt näher und setzte sich vorsichtig auf die große Armlehne der Couch. Er war nun nur noch ein paar Zentimeter von den Beiden entfernt und er hing an ihren Lippen. „Findest du wirklich? Ich musste es wirklich tun, sonst wäre es noch viel schlimmer gekommen, warum ist die Welt nur so ungerecht...?" Bellas Frage hing in der Luft, wie ein stürzender Trapezkünstler im Zirkus, wenn die Nerven der Zuschauer zum Zerreißen gespannt sind, weil sie natürlich wissen, dass im nächsten Augenblick etwas Schlimmes geschehen wird, aber trotzdem in freudiger Erwartung auf die Auflösung dieser ausweglosen Situation sind.

„Das darf doch alles nicht wahr sein!"

Die Worte waren aus Charlie herausgeschossen, wie eine Patrone aus dem Lauf eines Scharfschützengewehrs. Er konnte einfach nicht an sich halten. Soviel Niedertracht und Bosheit hatte er in seinem Leben selten und bei Gott, er hatte einiges an Niedertracht und Bosheit gesehen. Von seinem besten Freund und seiner Ex-Frau hatte er das alles nicht erwartet. Nicht mal seinem schlimmsten Feind hätte er so etwas zugetraut. Aber vielleicht vereinigten sich diese beiden Bilder ja hier und heute in denselben zwei Personen. Charlie blickte in die Gesichter der beiden, die seltsam versteinert aussahen, als hätte sie etwas verschreckt. Charlie wurde klar, dass sein Ausbruch sehr laut gewesen sein musste und er fragte sich, ob sie womöglich etwas davon mitbekommen haben könnten. Böse lächelnd verwarf er diesen Gedanken schnell, hatte er doch am eigenen Leib erfahren, dass die Lebenden ihn nicht hören konnten. Berührungen wirkten nach, natürlich, aber Gesprochenes? Nein! Charlie stockte in seinen Gedanken: Berührungen wirken nach?

Bella hatte sich umgedreht und blickte aus dem Fenster. Phil stand rechts neben und etwas hinter ihr und hielt ihre Hand. Charlie war noch näher an die beiden herangetreten und stand nun nur noch wenige Zentimeter links hinter seiner Ex-Frau. Als er sanft ihre Schulter mit seiner Hand berührte und sein Atem ihren Nacken streifte, schien sie zusammen zu zucken und ließ ruckartig Phils Hand los. Sie drehte sich leicht herum und stand nun direkt vor ihm, die Stirn ungläubig gerunzelt, die Lippen leicht geöffnet. Phil starrte einigermaßen verdutzt auf die Stelle, wo Charlie stand. Für ihn war dort jedoch nichts. Er erinnerte sich an den Moment im Park, als er hart von etwas im Gesicht getroffen worden war und sich dies im Nachhinein nicht erklären konnte. Als er zu einem Schwinger ausgeholt hatte und tatsächlich einen Widerstand spürte. Charlies Leiche hatte dort gelegen und doch war es ihm gewesen, als hätte sein bester Freund direkt neben ihm gestanden und mit ihm gesprochen. Phil hatte die Augen geschlossen während er sich erinnerte und bemerkte daher nicht, was in diesem Augenblick geschah…

Charlie küsste Bella auf den Mund. Es war ein solch liebevoller Kuss, dass Charlie das Gefühl hatte, wieder etwas zu fühlen. Als würde ein warmer Windzug durch das Zimmer fegen und wie an einem strahlenden Sommertag das Kleid der Frau leicht anheben, während sie voller Wonne und ungläubig noch während des Kusses die Augen öffnet, um zu sehen welch wunderbare Sache dort gerade geschah. Isabelle hatte das Gefühl eine starke Emotion brach sich Bann und sie dachte genau in dieser Sekunde an Charlie. Ihre Lippen fühlten sich schwer an. So schwer, dass sie nicht imstande war, sie zu bewegen. Jemand küsste sie. Unwillkürlich schloss sie die Augen und genoss diesen Augenblick, diesen Moment. Sie war sich sicher, dass es Einbildung sein musste, wusste sie doch genau, dass Phil neben ihr stand und auf eine solche Weise geküsst hatte er sie noch nie. Als sie nach unzähligen warmen Sekunden die Augen wieder öffnete, war da nichts und die Kälte kroch zurück in ihren Körper. Sie war verwirrt und wusste nicht was geschehen war. Sie konnte es sich auch nicht erklären, was geschehen war und keuchte heiser.

Phil sah sie erstaunt an. Er bekam das dumpfe Gefühl, etwas verpasst zu haben und scheute sich gleichzeitig zu fragen, denn was mochte schon passiert sein…

Charlie hatte seine Lippen von Bellas gelöst und starrte sie an. Er hatte nur Augen für sie. Wie schön sie war. Er nahm nicht Notiz von Phil, der langsam und sanft seinen Arm um Bella legte und sie ruhig aber bestimmt in Richtung der Haustür führte. Er hatte das unheimliche Gefühl, dass es in diesem Haus spukte und konnte sich doch nicht erklären, woher dieses abwegige Gefühl kam. Charlie hatte sich auf das Sofa gesetzt und war immer noch wie benommen von diesem einen Kuss. Er wusste nicht, warum er es getan hatte und noch weniger konnte er die Folgen einschätzen oder verstehen was es mit ihm gemacht hatte. Er war am Boden zerstört und zugleich voller Freude.

Bella ließ sich von Phil mitziehen. Sie dachte bei sich, dass unmöglich schien, was eben passiert war. Für einen kurzen Augenblick hatte sie Charlie gefühlt und all seine Liebe für sie. Isabelle fühlte sich in diesem Augenblick so unendlich traurig und leer, dass sie erneut leise anfing zu schluchzen. Phil wusste nicht, wie er reagieren sollte. Vollkommen mit der Situation überfordert, schüttelte er den Kopf und umarmte Bella. Ihm wurde bewusst, was er, was sie getan hatten und dunkle Gedanken vernebelten seinen Geist.

Charlie betrachtete die beiden vom Sofa aus. Er schwieg. Er konnte sich noch immer nicht erklären was dort gerade geschehen war und wollte es im Grunde auch gar nicht wissen, denn der Moment war vollkommen gewesen. Er erinnerte sich an einen Satz, den er Jahre zuvor in einem Buch gelesen hatte. Es war ein Buch gewesen, in dem der Autor Gedichte von unbekannten Künstlern gesammelt hatte. Eines dieser Gedichte war Charlie besonders im Gedächtnis geblieben, dessen Schlusssatz lautete:

„….so war es und so bleibt es auch, denn manchmal sind die gefährlichsten Tiere für den Menschen, die Schmetterlinge in seinem Bauch."

Bella schien sich genauso zu fühlen, denn sie verband unendlichen Schmerz, den sie beim Verlust von Charlie empfand, mit dem Hochgefühl der Liebe, die Phil in ihr neu entfacht hatte. Inmitten diesem Gefühlschaos flüsterte sie etwas in den für sie leeren Raum, der einmal ihr Wohnzimmer gewesen war:

„Es tut mir Leid! Ich wollte dir nicht wehtun…"

Phil hörte es zwar, doch er ignorierte Bella. Er wollte einfach hinaus aus diesem Haus und zog sie mit sich. Als die Tür ins Schloss fiel, hörte Charlie die leise, verzweifelte Flüsterstimme Bellas noch einmal ganz deutlich in seinem Kopf. „Es tut mir Leid! ...niemals wehtun!" Dann war Charlie alleine und begann zu weinen.

ZU FLACH, UM ZU ERTRINKEN

Charlie war in einem, nennen wir es „schwierigen", Elternhaus aufgewachsen. So lange er zurückdenken konnte, war sein Vater immer ein äußerst seltsamer Mann gewesen. Viele Erinnerungen hatte er nicht an ihn, die prägendsten waren bei weitem die, in denen er trank und anschließend wütend und fauchend auf seine Frau, Charlies Mutter, losging, um ihr zu zeigen, wer „der Mann im Haus ist".

Charlie hatte diese Form des „Machogehabes" stets verabscheut, noch mehr, als er ein gewisses Alter erreicht hatte und sich für ihn schämte. Vor allem, dass er immer erst Alkohol trinken musste, um den Mut zu finden, seiner Frau solche Dinge an den Kopf zu werfen, machte ihn wütend und ließ ihn verzweifeln, da er eine solche Feigheit und Niedertracht nicht nachvollziehen konnte. Sein Vater ekelte ihn an. Charlies Rolle in dieser Geschichte war es schließlich der weinenden oder blutenden Mutter Taschentücher zu bringen und sie zu trösten, während sie in den Armen des kleinen Jungen weinte, voller Bitterkeit, voller Verzweiflung.

Eines Tages, Charlie musste um die 7 Jahre alt gewesen sein, saß er in seinem Zimmer und horchte in die Stille des Abends hinein, die jäh durchbrochen wurde. Die Tür der Wohnung war mit einem enormen Ruck aufgerissen worden und der Vater brüllte, seine Frau möge zu ihm kommen und ihm helfen. Sie kam.

Aus der Küche ging sie vorsichtig auf ihn zu, ein Geschirrhandtuch in ihren Händen und mit sorgenvollem Blick. Der Vater wankte in seinen Schuhen und hatte augenscheinlich wieder viel Alkohol getrunken. Zu viel, wie sich zeigen sollte. Charlies Mutter half dem Mann, den sie im Grunde liebte, der sie aber immer wieder aufs Neue enttäuschte, aus seinen Schuhen heraus und stellte diese fein säuberlich geordnet auf dem dafür vorgesehenen Platz im Flur ab. Der Vater hatte sich, ob der Tatsache, dass seine Frau tat was er wollte, wieder etwas beruhigt, sodass der junge Charlie sich traute, seinen Kopf aus seinem Zimmer zu stecken, um zu sehen was denn los war.

Als der Vater seinen Sohn erblickte, ergriff ihn womöglich die Scham und er schrie, Charlie solle sich in sein Zimmer verpissen und sich nicht immer überall einmischen. Wie von der Tarantel gestochen, sprang der Junge zurück und fing an zu schluchzen, als er leise, langsam und voller Furcht die Tür wieder schloss. Aus Bitterkeit, aus Verzweiflung. Charlies Mutter protestierte lautstark gegen die Behandlung ihres Sohnes, sie wollte ihn schützen, war er es doch und nicht ihr Mann, der ihr immer wieder half aufzustehen, der sie tröstete und ihr die Kraft gab weiterzumachen. Dem Vater wurde nun alles Zuviel, er ging wütend auf seine Frau los und schlug ihr mit der Rückseite seiner Hand ins Gesicht. Sie schrie laut auf und sackte in sich zusammen. Als sie wimmernd auf dem Fußboden des Flures stand beugte sich der Vater über sie und streichelte über ihr Haar: „Du bekommst schon noch was du verdienst, meine Kleine". Er hatte es geflüstert. Und doch lag eine solche Bedrohung in seiner Stimme, dass dem jungen Charlie hinter seiner Zimmertür angst und bange wurde. Er konnte nicht an sich halten, öffnete die Tür einen Spalt breit, schaute hinaus und sagte lauter, als er es eigentlich gewollt hatte: „Lass Mama in Ruhe Papa!"

Der Vater schaute auf und Zorn verwandelte sein Gesicht in eine schreckliche Fratze. „Du kleines... Du wirst mir nicht sagen, was ich zu tun oder zu lassen habe!" Er richtete sich zu seiner vollen Größe auf und sah den Jungen fest an. „Vielleicht sollte ich erst einmal dir Manieren beibringen." Er krempelte die Ärmel seines Pullovers hoch und ging langsam auf Charlie zu, der wie angewurzelt in der Tür stand. Er dachte wohl, besser ich als sie und hatte sich fest vorgenommen, das was jetzt kommen würde, über sich ergehen zu lassen.

Charlies Mutter hatte aufgeblickt, als sie ihren Mann mit ihrem Sohn sprechen hörte und war kreidebleich geworden. Das konnte sie nicht zulassen. Ihr Sohn sollte so etwas nicht auch erleben müssen. Sie stand langsam und wackelig auf und schlich in die Küche. Dort stand eine

Flasche Wein auf der Anrichte, die sie von ihren Nachbarn am Vortag geschenkt bekommen hatte. Sie nahm die Flasche fest in die rechte Hand, fasste sie sorgsam am Flaschenhals und ging leise zurück in den Flur. Der Vater stand riesengroß über ihrem kleinen Jungen, der immer noch in der Kinderzimmertür stand, die großen Augen fest auf den Vater gerichtet. Dieser stammelte wütend zusammenhangslose Sätze vor sich hin: „...muss ihm Respekt einflößen...kann ihm das nicht durchgehen lassen...muss wissen, mit wem er es zu tun hat...", sodass er gar nicht merkte, wie die Mutter sich ihm in seinem Rücken immer weiter näherte. Als er anscheinend endlich den Mut gefunden hatte, nicht nur zu reden, sondern etwas zu tun, sauste die Weinflasche mit aller Kraft die Charlies Mutter aufbringen konnte, auf den Hinterkopf des Mannes, den sie einst geliebt hatte. Mit einem Knall zersprang die Flasche in tausend Teile, der Wein ergoss sich auf den Boden, Spritzer bedeckten Charlies Gesicht und der Vater sacke, schwer getroffen und vor Schmerzen wimmernd in sich zusammen.

Charlies Mutter atmete schwer und mit weit aufgerissenen Augen wurde ihr klar, was sie getan hatte. Charlie fing an zu weinen und lief an seinem Vater und seiner Mutter vorbei in die Küche. Er wollte ein Tuch holen, irgendetwas, um zu helfen, irgendwie. Dort angekommen, fingerte er nach der Rolle Küchenpapier und hörte doch nur wieder einen lauten Schmerzensschrei aus dem Flur. Einen Schrei seiner Mutter, so schrill und laut, dass Charlie glaube das Blut in seinen Adern müsse gefrieren. Er eilte zurück in den Flur, dahin von wo der Schrei gekommen war. Mit großer, blutender Wunde am Hinterkopf stand sein Vater über der Mutter, die in einer rasch größer werdenden Blutlache auf dem Teppich lag und weinte. Neben ihr lag das schnurlose Telefon der Familie. Die große schwarze Plastikantenne war verbogen und an ihrem oberen Ende schimmerte eine dunkle, rote Flüssigkeit. Blut von seiner Mutter. Charlie konnte nicht sprechen. Er wollte nicht sprechen.

Charlies Vater zitterte am ganzen Körper. Mit weit aufgerissenen Augen sah er, was er getan hatte und war auf einen Schlag stocknüchtern. Benebelt riss er Charlie das Küchentuch aus der Hand und rannte in die Küche. Er kam mit dem Salzstreuer zurück und schraubte dessen Verschluss ab. Dann beugte er sich über die Mutter und leerte den Streuer auf dem Teppich aus, in den nun schon eine große Pfütze von dunkelrotem Blut eingezogen war. Der Anblick ließ Charlie würgen. Seine Mutter hielt sich wimmernd die linke Seite Ihres Brustkorbes und zwischen ihren Fingern trat immer noch Blut hervor. Doch darum kümmerte sich der Vater gar nicht.

Er schrubbte wie wildgeworden mit dem Tuch auf dem mit Salz bedeckten Teppich herum und stammelte immer wieder: „Der schöne Teppich... Oh mein Gott, der schöne Teppich, guck' dir an, was du angerichtet hast..." Nach mehreren Minuten Stille im Flur, nur hin und wieder vom heiseren Stammeln des Vaters durchbrochen, fasste sich Charlie ein Herz und rannte aus der Wohnung hinunter zu den Nachbarn, um die Polizei zu rufen, um zu helfen, irgendwie…

Charlies Mutter war nach diesem Vorfall ins Krankenhaus gekommen. Eine ihrer Rippen war beim Angriff des Vaters zerborsten und sie brauchte lange, um sich davon zu erholen. Charlies Vater wurde von der Polizei mitgenommen, ebenso wie Charlie selbst. Stundenlang musste er mit einem Psychologen reden und wollte doch am liebsten nur allein sein. Ein Gutes hatte diese ganze Geschichte jedoch gehabt, stellte Charlie in späteren Jahren im Rückblick immer wieder fest: Seine Mutter fand endlich die Kraft, sich von diesem Ekel, diesem unberechenbaren Ungetüm, das Charlies Vater war, zu trennen und mit einem anderen Mann ein neues Leben zu beginnen. Sie zogen weg aus dieser Wohnung, aus dieser Stadt und versuchten, nicht mehr zurückzublicken. Es gelang Ihnen nicht immer…

Charlie wollte sich lange Zeit nicht eingestehen, dass diese Zeit ihn als Menschen und seinen Charakter sehr geprägt hatte, aber genau so war es gekommen. Zeit seines Lebens bestimmten Unsicherheiten seine Beziehungen zu anderen Menschen. Hatte er sich mit Freunden verabredet, schaute er immer wieder panisch auf seine Uhr, um sich zu vergewissern, dass sie auch pünktlich kämen. Er war generell eine halbe Stunde vor der anpeilten Uhrzeit dort und wartete regelmäßig. Allein. Zeigte Charlies Uhr nur eine Minute nach der vereinbarten Zeit, so war er fest davon überzeugt, seine Freunde würden nicht kommen und ließen ihn im Stich. Ständig hatte er das Gefühl alleingelassen zu sein in dieser Welt und fühlte sich nicht genug unterstützt. Erst als er Bella kennenlernte, änderte sich das: War er nach außen immer ein fröhlicher Zeitgenosse gewesen, so kam es doch vor, dass er, an einsamen Abenden, ins Grübeln kam und sich nicht wohlfühlte in seiner Haut. Bella schien das immer fehlende Puzzleteil gewesen zu sein. Das Grübeln hörte auf und Charlie war glücklich. Und doch war es passiert, dass er sie vernachlässigte, dass er nicht da war, wenn sie ihn brauchte, dass er seiner Tochter kein guter Vater war…

Charlie hatte die gesamte Nacht damit verbracht, über den Vorfall mit Bella nachzudenken und letztendlich beschlossen, ihm keine weitere Beachtung zu schenken. Er hatte wichtigeres zu tun, denn noch immer war ungeklärt, wie Charlie ums Leben gekommen war, wie er im Park gelandet war, warum Brombeereis an seinem Mund gewesen war und welche Rolle Phil und Bella bei seinem Tod gespielt hatten. Vieles erschien Charlie mysteriös und passte noch nicht ganz zusammen, aber das kannte er von früher, wenn Mordfälle so seltsam verworren waren und meist nur ein Detail fehlte, damit sich alles auflöste. Charlie wusste nicht recht, wie er sich fühlen sollte. War es Einsamkeit? War es Weltschmerz? War es Verzweiflung? Er wusste es nicht.

Jeder der schon einmal einsam war, wird wissen, wie es sich anfühlt, dieses Wort.

Was es aussagt. Was es bedeutet. Einsamkeit ist die Beschreibung eines Gefühls, welches ebenso so tiefgreifend und verstörend, wie auch faszinierend sein kann. Große Philosophen, das wusste Charlie, hatten in ihrem Leben oft die Einsamkeit gesucht, um zu sich selbst zu finden. Tolstoi sprach einmal vom „Hören von Gottes Stimme" in der Einsamkeit und diese spirituelle Erfahrung war nun, da Charlie völlig allein war, für ihn durchaus nachvollziehbar. In völliger Stille zu glauben, das Rauschen der eigenen Gedanken im Kopf hören zu können, war ein göttliches Gefühl. Doch in gleichem Maße wie es betörte, war es auch beklemmend. Es machte ihn traurig. Es machte ihn krank. Keine Gesellschaft. Kein Scherzen, kein Lachen unter Freunden. Kein Gefühl von Geborgenheit. Charlie wurde klar: er fühlte sich allein. Doch der Starke ist bekanntlich am stärksten allein.

Zwei Tage waren nun schon vergangen. Der Plan nun richtig anzufangen, etwas Besseres zu tun zu haben, voranzukommen in seiner eigenen Geschichte, war schon jetzt als gescheitert anzusehen. Charlie wusste einfach nicht, wo er anfangen sollte. Er saß auf der Bank vor seinem Haus, vielmehr seinem ehemaligen Haus und starrte vor sich hin. Es war nichts bestimmtes, auf das er seinen Blick richtete. Vielmehr schaute er solange und tief in Gedanken versunken auf einen Fleck bis die Konturen verschwammen… Nach einer Weile fielen ihm die Augen zu.

Als Charlie seine Augen öffnete, saß sie auf dem roten Samtsofa und lächelte ihn an. Sie war in ein leicht durchsichtiges schwarzes Kleid gehüllt, dass knapp oberhalb ihrer Knie endete. Sie lächelte und ließ vergessen, welches Alter sie bereits hatte. Charlie staunte: Sie war verführerisch ohne Frage… Doch er wusste weder wieso, noch wo er sich in diesem Augenblick befand. Sie lächelte erneut und zwinkerte im einladend zu: „Wir müssen uns unterhalten Charlie".

Charlie zog es vor, den Raum um sich näher zu betrachten. Augenscheinlich befand er sich in einem mit Mahagoni-Holz getäfelten Büro, das groß und ausladend vor ihm lag. Die Griffe an den Schränken und am Schreibtisch waren versilbert und durch die hohen Fenster fiel ein matt schimmerndes Licht. Charlie blinzelte. In den hohen Regalen standen Unmengen von Büchern, sorgsam nach Farben und Größe sortiert. Die Tür, die sich genau gegenüber dem Sofa am anderen Ende befand, umspielten Zierornamente und kleine Engel überblickten wachsam das Innere des Zimmers. Alles in Allem machte der Raum einen sehr herrschaftlichen Eindruck, fand Charlie und wandte sich nun wieder der Frau zu, die mittlerweile einen kräftigen Schluck aus einem großen, dickbauchigen Weinglas trank und ihn erneut anlächelte.

Zögernd ging er einen Schritt näher an das Sofa heran und setzte sich vorsichtig auf das ihm am nächsten gelegene Sitzpolster.

Er konnte die Hitze förmlich spüren, die von der Frau ausging, lockerte zögerlich seinen Hemdkragen und schaute neugierig zu der Dame hinüber, die ihrerseits das Weinglas auf einem kleinen Tisch abgestellt hatte und erneut einladend lächelte. Mit einer spielerisch leichten Bewegung glitt sie zu ihm hinüber und legte ihren Kopf auf seine Schulter. Mit der linken Hand umfasste sie Charlies Krawatte und begann sie mit der Hand glatt zu streichen. Wieder und wieder. Charlie blickte ihr in die Augen und erkannte Eliza.

Sie war es, die sich hier so verführerisch rekelte und ihn sanft berührte. Der betörende Duft ihres Parfums stieg Charlie in die Nase, er atmete tief ein und wenig später entspannt aus. Er fühlte sich sehr wohl. Die Frage, wieso gerade diese Frau gerade Eliza, seine ehemalige Arbeitskollegin war, schlich mit den verrinnenden Sekunden immer mehr in den Hintergrund und Charlie nahm es einfach hin.

Eliza hatte ihre Hand auf Charlies Brust gelegt und er atmete heftig. Sie erregte ihn auf eine Weise, die er lange nicht mehr gespürt hatte. Sie schlug ein Bein über seins und lag nun fast seitlich auf ihm. Das Gewicht ihres Körpers beruhigte ihn und ließ ihn zugleich erschauern. Der Stoff des Kleides verrutschte ein wenig und zeigte den Ansatz Ihrer kräftigen aber dennoch wohlgeformten Oberschenkel. Knapp unterhalb der Mitte verwehrte allerdings das Kleid jedem weiteren Blick den Erfolg. Eliza lächelte weiterhin und sah ihm bei allem was sie tat, aufreizend in die Augen. Er wollte sprechen, hatte aber einen Kloß im Hals und brachte nur ein Räuspern hervor. Eliza lachte glockenhell und ihre funkelnden Augen versprühten jugendliche Leichtigkeit. „Was möchtest du mir sagen mein Schöner?", hauchte sie in sein Ohr und ließ ihn gar nicht antworten: „…Ich habe schon lange auf dich gewartet, hier auf dieser…", sie strich mit ihrer freien

Hand behutsam über das Sitzpolster „schönen Sofa..."

Ich..., ähmm, also ich..." Charlie stotterte, sein Mund war trocken vor Erregung. Eliza hatte die Hand, mit der sie eben noch das Sofa gestreichelt hatte auf sein linkes Knie gelegt und fuhr nun dort damit fort. Langsam tastete sie sich immer weiter nach oben und flüsterte in sein Ohr: „Mache ich dich nervös? Ich hatte gehofft, dass ich dir gefalle... Was ist los Cha? Wieso machen wir nicht da weiter, wo wir damals aufgehört haben...?" Charlie wurde jedenfalls etwas aus dem dämmrigen Zustand erotischer Glückseligkeit gerissen und fragte sich, was sie wohl meinen konnte. Möglicherweise das unsagbar lange Händeschütteln nach einer Geschäftsfeier oder der eine Vorfall in der Kantine, als sich bei der Übergabe des Bestecks zum Mittagessen ihre Finger berührt hatten und sie beide eine knisternde Spannung bemerkt hatten. Wie kam sie zu einer solchen Idee?

„Elli... Was machst du hier?", brachte er stammelnd hervor und lehnte sich etwas weg von ihr, um sich ihr ein wenig zu entziehen, um klar denken zu können. „Wir beide müssen uns unterhalten", hauchte sie und schmiegte sich noch ein wenig enger an ihn. „Ja... das sagtest du schon... Warum?" Eliza verdrehte mädchenhaft die Augen, legte den Kopf schief. Und die Stirn in Falten. „Das weißt du nicht, du Dummerchen?" Charlie schüttelte unwissend und verwirrt den Kopf. Draußen vor den großen Fenstern begann es zu regnen und große Tropfen prallten laut gegen die Fensterscheiben. „Wir beide müssen uns unterhalten... Du wolltest mich, weißt du nicht mehr, du wolltest mich Cha'..." Sie seufzte. „Immer kam uns irgendetwas dazwischen...du wolltest mich immer...jetzt hast du mich..." Charlie schaute sie verwirrt an. Seltsamerweise wusste er nicht, was er denken oder fühlen sollte, wie dieser Traum, denn es musste einer sein, soviel schien klar zu

sein, zu deuten sei. „Magst du nicht mehr mit mir sprechen?" Sie blickte ihn traurig an und er konnte nur sagen: „Du siehst wirklich schön aus Elli..." Sie lächelte. Ihre Hände begannen wieder ihn zu streicheln und Charlie spürte die Erregung wieder ansteigen in ihm. Auch sie atmete schwerer und begann seinen Hals zu küssen. Sanft berührten ihre weichen, warmen Lippen seine Haut und er bekam eine Gänsehaut. Am ganzen Körper fing das Zittern an und in seinen Fingerspitzen kribbelte es.

Er war versucht, sie zu nehmen, gleich hier und jetzt. Diese Gelegenheit bot sich mit Sicherheit kein zweites Mal und sie war nicht zu verachten, so unwahrscheinlich schön, wie sie dort neben ihm saß. Aber er konnte es nicht. Er wollte es nicht. Zunächst sanft, dann etwas fester schob er sie von sich weg und hielt sie mit seinen Händen auf Abstand. Sie lachte erneut, diesmal jedoch etwas kehliger, es klang fast als würde sie schluchzen.

„Elli, was machst du hier, das geht nicht, ich bin verheiratet…" Er wollte ihr den Ringfinger seiner linken Hand zeigen, damit sie seinen Ehering sehen konnte, doch dort war kein Ring…

Eliza zog verschmitzt die linke Augenbraue nach oben und lachte. „Du warst nie verheiratet Charlie…" Charlie hätte schwören können, dass sie ihre Stimme am Ende des Satzes leicht angehoben hatte und so den Satz wie eine Frage hatte klingen lassen, doch im Moment hatte er wichtigere Dinge zu besprechen mit ihr. „Ich bin nicht verheiratet? Und… habe ich eine Tochter?" Eliza runzelte wiederum die Stirn „Na… deiner Personalakte nach zumindest nicht…" Sie zeigte sie ihm und wedelte vor seiner Nase damit herum. Oben auf dem Aktendeckel war ein kleiner gelber Zettel angeklebt und dort stand in verschnörkelten Buchstaben zu lesen: „Kerngesund und lecker"

Der Regen draußen vor den Fenstern war stärker geworden und verstärkte das Gefühl von wohliger Wärme im Raum noch. Anscheinend, so bemerkte Charlie erst jetzt, rührte diese Wärme von einem Kamin her. In Ihm brannte ein offenes Feuer, das, nun da es draußen dunkel geworden war, ein flackerndes Licht auf die dunklen Bodendielen warf. „Wenn du mir nicht glaubst, dann rede mit Phil…", sagte Eliza nun mit verletzter Stimme und wandte sich ab. „Ich hoffe, dann verstehst du endlich, wie es ist. Wenn du ertrinken willst, aber nicht kannst, wenn das Wasser zu flach ist, um zu ertrinken…"

Charlie kam wieder zu sich. Es regnete wirklich. Er ging wieder ins Haus und beschloss Phil aufzusuchen, ganz so wie Eliza es ihm geraten hatte. Er wusste weder, was er von diesem Traum, dieser Erscheinung, halten sollte, noch ob es Sinn machen würde, doch er entschloss sich, endlich weiterzukommen, denn viel Zeit hatte er nicht mehr. Charlie sah, wenn ihn denn jemand hätte sehen können, aus wie ein Mann, der normalerweise unter Brücken lebt. Seine vom, er nannte es für sich „Überfall", völlig zerfetzte Kleidung baumelte an vielen Stellen einfach nur noch sinnlos an ihm herunter und erfüllte nicht mehr ihren eigentlichen Zweck, ihn zu verhüllen. Nun, da er wieder in sein Haus zurückgekehrt war und an sich hinuntersah, wurde ihm bewusst, wie nass er war. Er musste lange im Regen gesessen haben dort draußen auf der Bank. Wieder mal hatte er dem Bedürfnis zu schlafen, ohne Widerstand nachgegeben.

Bisher hatte er bei der Suche nach der Ursache seines Todes und seinem Mörder, denn für Charlie stand fest, dass es Mord gewesen sein musste, so zugerichtet, wie er dort in dem Blumenbeet im Park gelegen hatte, war er bislang noch nicht wirklich vorangekommen. Er hatte sich zwar seine Akte besorgt und konnte den Polizeibericht lesen, er hatte es immer und immer wieder getan, jedoch ging daraus nicht wirklich viel hervor. Die Polizei tappte im Dunkeln. Genau wie er. In seiner Erscheinung, seinem Traum, Gott wusste wieso er den gehabt hatte, war Eliza vorgekommen. Je mehr er versuchte, sich an Einzelheiten des Gesprächs mit Ihr oder wie sie ausgesehen hatte, zu erinnern, umso mehr verschwommen die Einzelheiten vor seinem inneren Auge. Wie ein Behältnis aus dem mehr Wasser abfließt, als das in es hineingeleitet wird. Er konnte sich dunkel an einen Kamin erinnern. An Feuer. An Eliza, wie sie immer wieder sagte, sie müsse mit ihm reden. Daran, dass sie sagte, Charlie müsse mit Phil sprechen. Daran, dass er keinen Ehering getragen hatte. An Phantasien und Lust. Charlie schüttelte den Kopf, denn er konnte sich keinen Reim darauf machen. Seltsam war das alles. Anscheinend, so dachte Charlie, musste er ziemlich mitgenommen sein. Die letzten Tage, die vielen Erkenntnisse, die Last, nicht mehr wirklich hier oder dort zu sein, der Wunsch, herauszufinden, was geschehen war, all das nagte an ihm. Er fühlte sich matt und ließ sich im Wohnzimmer auf seinen alten Sessel sinken. Neben ihm lag seine Akte und roch nach altem Papier. Er nahm sie noch einmal in die

Hand. Prüfte den Aktendeckel von Vorn und schlug sie auf. Die ihm bereits bekannten Seiten überflog er, las abermals den Obduktionsbericht und sah sich die Bilder seiner Leiche an.

Als er auf der letzten Seite seiner Akte angekommen war, stutzte er beim Anblick der Kopfzeile:

» Psychologisches Gutachten zur Dienstfähigkeit
von Charles Christian Hemming,
geboren am 20.06.1974, Polizeioberkommissar
«

» 1.
Mit diesem Gutachten soll geprüft werden, inwieweit die Dienstfähigkeit des Herrn Hemming durch die privaten Zerwürfnisse in seinem Leben und den täglichen psychischen Stress in seinem Beruf, beeinträchtigt ist. «

Charlie runzelte die Stirn und verdrehte die Augen. Von solch einem Gutachten wusste er nichts. Ihm war nicht bewusst gewesen, in welcher Form oder weshalb er untersucht werden sollte. So wie es aussah war der Fall jedoch abgeschlossen, denn psychologische Gutachten wurden zum Abschluss einer Untersuchung geschrieben. Charlie war sich sicher, dass so etwas nicht stattgefunden hatte, denn er konnte sich an keine Unterredung mit einem Arzt oder einem Psychologen erinnern, geschweige denn, davon gehört zu haben, dass andere Kollegen sich mit diesen Menschen hatten auseinandersetzen müssen. Dennoch am Gutachten interessiert, legte er die rechte Hand an seine Schläfe und las weiter.

» 2.
Nach Aussagen von Mitarbeiterinnen und Mitarbeitern weise der zu Untersuchende ein hohes Maß an psychischer Labilität auf. Sein Verhalten sei durch große Zwänge geprägt. Gegenüber seinen Mitarbeiterinnen und Mitarbeitern sei er zwar oberflächlich freundlich, genau genommen jedoch zurückhaltend, scheu und abweisend. Den Gesprächen ist des Weiteren zu entnehmen, dass sich das Verhalten von Herrn Hemming in den letzten Jahren nach der Trennung von seiner Ehefrau I. stetig und nachweislich zum Schlechten verändert habe. Seine Arbeit führe er mechanisch aus. Es sei akut anzunehmen, dass Herr Hemming ausgebrannt und somit für die Arbeit im Morddezernat nicht länger als tauglich eingestuft werden kön-

ne, da unter seiner psychischen Labilität früher oder später auch das Urteilsvermögen und somit die Ergebnisse und der Zweck seiner Arbeit leiden würden. Dieses Gutachten ist folglich als reine Präventionsmaßnahme zu sehen. «

Charlie musste lachen. „Reine Präventionsmaßnahme.." Er schluckte. Nie hatte er das Gefühl gehabt, seine Arbeit würde unter seiner Trennung von Bella leiden. Er hatte vielmehr gedacht, seine Fähigkeiten, Details schnell zu erkennen, Lösungsansätze für auftretende Probleme zu finden und gedankenschnell zu handeln, seien eher schärfer geworden mit der Zeit. Alles in Allem kam ihm dieser Text wie ein schlechter Scherz vor. Er seufzte, wusste nicht wohin dieses „Gutachten" wohl führen mochte, kratzte sich an der Schläfe und las:

» 3. T.A.T.
Beim thematischen Apperzeptionstest nach Murray soll der Proband zu verschiedenen mehrdeutigen Bildtafeln dramatische Geschichten erfinden. Eine Analyse der Inhalte des Ge-

sagten kann Hinweise auf das Umwelterleben, auf Gefühle und Einstellungen des Probanden erbringen.«

Es dämmerte Charlie. Er konnte sich an eine Frau erinnern, die adrett gekleidet und hohlwangig eines Abends in sein Büro spaziert war. Sie trug ein lindgrünes Kostüm mit Rock und dazu passend schwarze Schuhe und eine schwarze, große Perlenhalskette. „Darf ich eintreten?", hatte sie gefragt und sich, ohne auf eine Antwort zu warten, auf einen freien Stuhl vor Charlies Schreibtisch gesetzt. „Bitte nehmen Sie doch Platz", hatte er sarkastisch und von mehreren Fotos eines Tatorts aufblickend, geantwortet. Sie hatte gelächelt. Dann reichte sie ihm eine für eine Frau ihrer Größe, sie mochte vielleicht 1,65 m groß gewesen sein, unerwartet große Hand zum Gruß. Charlie erhob sich leicht und fragte, mit wem er es denn zu tun habe und was er für sie tun könne. „Nett, dass Sie fragen...", meinte sie mit heller Stimme und setzte nach: „Ich bin aus der Personalabteilung und wir führen eine Mitarbeiterbefragung der etwas anderen Art durch." Sie lächelte und hob ein kleines Aktenköfferchen vom Fußboden neben ihrem Stuhl auf ihren Schoß. Charlie zog eine Augenbraue hoch: „...der etwas anderen Art... so so" Er kannte diese Frauen aus den Personalabteilungen, die mit hinterlistigem Grinsen und mit nettem Getue versuchten, so viel Unzufriedenheit wie möglich aus den Mitarbeiterinnen und Mitarbeitern zu pressen, um diese Informationen dann brühwarm den Auftraggebern, meistens den Chefs vorzustellen, einige Abmahnungen und „klärende Gespräche" inklusive...

» 4.
Verhaltensbeobachtung
4.1
Ergebnisbericht: entfällt, nur intern!
4.2
Interpretation:
- Proband antwortet nur sehr leise und zögerlich auf Fragen.
- Eher gedrückte Stimmungslage

- Auseinandersetzung mit den folgenden Themen:
- „isoliert zu sein, auf sich allein gestellt zu sein"
- „Angst vor dem Zerbrechen von Bindungen"
- „Ratlosigkeit in ausweglosen Situationen"
- „Flüchten in fiktive Realitäten" «

Nun war für Charlie völlig klar, dass es sich bei diesem Stück Text und mehr war es für Charlie nicht, um Quatsch handeln konnte. Erstunkener und erlogener Quatsch, ein besseres Wort gab es schlicht nicht. Jemand wollte ihn stürzen, jemand wollte ihn verdrängen und seinen Platz einnehmen. Jemand wollte, dass alle Welt dachte, er sei nicht in der Lage seine Arbeit ordentlich zu machen, ja, geschweige denn sein Leben zu leben, wie „normale" Leute es taten. Galgenhumor machte sich bei Charlie breit und als er sich wieder in das Gutachten vertiefte, blitzte es einmal rot auf, in der hinteren Ecke des Zimmers...

» 5. Befund

A)   Gesamtintelligenz: gut

• Sprachlich gebundene Teilfunktion der Intelligenz: sehr gut

• Weniger sprachlich gebundene Teilfunktion der Int.: gut

B)   Andere Leistungsfunktionen: gut

• Kein Hinweis auf Störungen im visuellen Wahrnehmungs- oder Verarbeitungsbereich

• Visuelle Wahrnehmung von Details:
Gut

C)   Sonstiges

• *Schleichender seelischer Zerfall* «

„Ich fasse es nicht..." Charlie hatte es geflüstert, seine Stimme versagte ihm vor Entrüstung. Das konnte alles nicht wahr sein. Zu gerne hätte er gewusst, wer hinter diesem Komplott steckte, wer ihm an den Kragen wollte. Als Charlie, kochend vor Wut die Hand zur Faust ballte, gab es plötzlich einen lauten Knall. Charlie fuhr herum. Er hatte Angst, der Fährmann wäre da und würde versuchen, ihn sich schon früher zu holen, weil er es nicht schaffte, herauszufinden, wer ihn umgebracht hatte. Der Lärm, so stellte es sich heraus, rührte jedoch von einem Ast der großen Weide im Garten her, der durch den Wind hart gegen die Holzverkleidung der hinteren Fenster geschlagen war. Charlie atmete tief durch. Wiederum blitzte es rot in einer Ecke des Zimmers, gerade als Charlie sich wieder umgedreht hatte, um dieses Schandstück von Papier, wie er fand, weiter zu lesen.

» Die Resultate der psychologischen Exploration, der Leistungs- und Persönlichkeitsuntersuchungen des C. C. Hemming ergaben folgendes Bild:

Der 1974 geborene Herr Hemming verfügt über eine gute Gesamtintelligenz. Was die visuelle Orientierung angeht, so ist Herr Hemming in gutem Maße in der Lage, Gegebenheiten und Beziehungen, auch in Details sicher zu erfassen. Er zeigt Defizite beim Eingestehen von Fehlern und bei der Fähigkeit, eigenes Fehlverhalten zuzugeben. Oft wird die Schuld bei anderen gesucht... «

Charlie hatte keine Lust mehr weiter zu lesen. Es machte ihn krank. Dieses Gefasel! „Völliger Irrsinn ist das!", entfuhr es ihm. Er klappte die Akte zu und warf sie in die Ecke. Ob sie dort jemand finden würde oder nicht, war ihm völlig egal. Er hasste die Vorstellung, hier sitzen zu müssen, nichts tun zu können und völlig hilflos zu sein. Nichts hatte es ihm gebracht, dass er den Fährmann davon überzeugt hatte, eine Woche noch auf der Erde bleiben zu dürfen, um herauszufinden, wer ihn umgebracht hatte. Charlie hatte das Gefühl, die Welt hatte sich gegen ihn verschworen. Seine Frau hatte ihn verlassen. Sein Freund hatte ihn hintergangen. Sein Job sollte ihm genommen werden. Charlie begann an seinen Fingernägeln zu kauen. Nervös zuckten seine Augen hin und her. Er wusste nicht weiter.

In seinem Traum hatte Eliza gesagt, er solle mit Phil reden. Die Schultern zuckend sagte er sich, dass es ihm mit Sicherheit wenig helfen würde, dass es allerdings auch nicht schaden konnte. Charlie seufzte. In seinem Rücken blitzten erneut zwei kleine Lichtpunkte im Dunkel des Zimmers auf und man konnte das Gefühl bekommen, dass sich eine hässliche Fratze zu einem diabolischen Grinsen verzog...

Der Fährmann war dort und fühlte sich endlich bestätigt. Charlie würde nicht herausfinden, wer ihn getötet hatte. So war es besser, dessen war er sich sicher. Lächelnd genoss er die Verzweiflung in Charlies Gemüt und labte sich am Leid des Menschen, der dort wenige Meter von ihm entfernt saß. Er würde es nie herausfinden. Er kicherte leise, böse.

Einem inneren Impuls folgend, stand Charlie plötzlich auf und ging zur Haustür hinaus. Er ließ sie offen. Der Fährmann schrak zurück. Eben noch hatte er das Gefühl gehabt, den Krieg gewonnen zu haben, doch im Grunde war es wohl wieder nur eine Schlacht gewesen. Dieser Mensch, so dachte er, war immer für eine Überraschung gut. Deswegen mochte er ihn wohl auch so sehr. Eine willkommene Abwechslung im Einheitsbrei von angepassten, stumpfsinnigen und farblosen Individuen, die er jeden Tag auf ihrem Weg in den Tod begleitete. Dieser Mann war anders und gerade deswegen so interessant.

Charlie war bei diesen Gedanken des Fährmannes schon längst auf dem Gehweg vor seinem Haus und schlug die Richtung ein, die er gehen musste, um zu Phils Haus zu gelangen. Er dachte nach. Eliza hatte ihn in seinem Traum gefragt, ob er das Gefühl kenne, ertrinken zu wollen aber nicht zu können, weil das Wasser zu flach dafür sei. Charlie kannte es. Doch er wollte es nicht. Er wollte nicht ertrinken, er wollte wenigstens versuchen zu schwimmen…

KNIEFALL AM GRAB

Es war ein windiger Tag, soviel weiß ich noch. Der Tag an dem Papa begraben werden sollte. Oder das, was noch von ihm übrig war. Seine Asche. Meine Mutter öffnete die Autotür und sagte: „Komm mein Schatz, bringen wir es hinter uns" Obwohl ich erst 8 Jahre alt war, fand ich diesen Satz recht herzlos. Vielleicht hatte sie es nicht so gemeint, vielleicht versuchte sie nur zu kaschieren, wie es ihr wirklich ging.

Ich runzelte die Stirn, dann stieg ich aus. Die Sonne schien, trotzdem war es nicht gerade warm. Letzte Woche hatte es noch geschneit, hatten die Nachbarkinder erzählt. Ich hatte sie lange nicht gesehen, da ich die letzten 4 Jahre mit meiner Mutter in Indonesien gelebt hatte. Die Schule dort hatte mir nicht gefallen. Ich hatte oft mit Mama gesprochen und sie gefragt, ob ich nicht bei meinem Papa leben dürfte. Dieses fremde Land wurde nie mein Zuhause, auch nicht die Schule oder das kleine Haus in dem wir gewohnt hatten. Meine Mutter hatte immer gesagt, dass mein Vater keine Zeit für mich gehabt hätte, er habe immer nur für die Arbeit ge-

lebt und konnte seine "Aufmerksamkeit niemandem sonst schenken", was auch immer das heißen mochte, dachte ich damals.

Phil, bei dem wir, seitdem wir wieder zu Hause waren, die ganze Zeit verbracht hatten, war ebenso gefasst wie meine Mutter, als er aus dem Wagen stieg. "Ganz schön kühl heute" sagte er halblaut und knöpfte seinen Mantel zu. Dann ging er um das Auto herum und stellte sich zu uns. Wir wandten uns dem großen Friedhofstor zu und sie nahmen sie mich beide bei der Hand. Die Hand meiner Mutter ergriff ich gerne, doch bei Phil sträubte ich mich ein wenig, sodass er nach einem kurzen Blick auf mich etwas fester zugriff und begann, sich mit festem Schritt in Bewegung zu setzen. Meine Mutter und ich folgten.

Auf dem Weg zum bereits ausgehobenen Grab sprachen sie nicht viel, sodass ich Zeit hatte mich umzusehen. Die Bäume bogen sich unter der Last des Windes, der aufgefrischt war und die nackten, kahlen Zweige zappelten unruhig hin und her. Der Rasen am Rande des Weges schien frisch und grün, doch ich fand dass eine seltsame Fäulnis von ihm ausging. Der gesamte Friedhof schien danach zu stinken, ich konnte es nicht ertragen. Das Singen der Vögel, die den Frühling einläuten wollten, konnte nicht darüber hinwegtäuschen, dass ich hier völlig fehl am Platz war.

Das Grab war sehr tief. Zumindest aus meiner Perspektive. Oben am Rand spross das Gras aus der dunklen Erde, die noch kurz zuvor stets dunkel bedeckt gewesen war. Es fiel Licht hinein, aber unten auf dem Boden des Grabes war es ziemlich dunkel. Ich beugte mich vor, um ganz hinab sehen zu können, als ich ausrutschte und nur der starke Arm von Phil mich vor dem Absturz bewahrte. „Pass auf mein Kleines! Das ist gefährlich für dich!" Ich schaute zu ihm auf und blickte in seine Augen. Sie wirkten wach, doch sein Gesicht war tief eingefallen und von Leid gezeichnet. Das war mir vorher nie aufgefallen. Er sah alt aus. Alt und traurig. „'tschuldige Phil", flüsterte ich und ging weg von dem Grab zu den Stühlen, die in der Nähe zweier alter Weidenbäume in fünf Reihen aufgestellt worden waren. Mama saß dort schon und hatte ein Taschentuch in der Hand. Immer wieder tupfte sie an ihren Wangen, obwohl sie gar nicht weinte. Vielleicht, so dachte ich, macht man das einfach so, auch wenn man gar nicht traurig ist.

Nach und nach kamen immer mehr Leute. Polizisten und Polizistinnen, wohl Papas alte Arbeitskollegen. Freunde meiner Mama und Phil. Opa im Rollstuhl. Zuletzt kam der Pfarrer und schritt an der Spitze einer Gruppe von acht jungen Männern, „Kirchendienern" wie Mama mir erklärte. Sie trugen den großen, aus schönem Holz getäfelten Sarg, jeder an einer Ecke, zwei an den Seiten. Zwei der Kirchendiener gingen würdevoll hinter der kleinen Prozession her, den Kopf gesenkt, die Hände vor dem Körper gefaltet und bildeten so ihren Abschluss. „Wieso hat es eigentlich keine Trauerfeier in der Kirche gegeben?", fragte Phil meine Mutter und beugte sich leicht zu ihr hinüber. Sie sah ihn an.

"Wer wäre gekommen Phil?" Er schwieg. Ich schluckte. Meine Mutter hatte also nichts für meinen Vater organisiert. Warum nicht? Ich wusste es nicht. Ich beschloss sie zu fragen. "Mama, wieso gab es keine Trauerfeier für Papa in der Kirche?" Sie sah mich nur streng an. Schüttelte den Kopf. Legte die Stirn in Falten. Dann zupfte sie mein Kleid zurecht.

Als der Pfarrer am Grab angekommen war, ließ er die vier jungen Männer den Sarg daneben abstellen und sich hinsetzen. Er wandte sich mit ausgebreiteten Armen an die Gemeinde und sprach mit lauter, ich fand fast hallender und voller Stimme:

"Liebe Freunde von Charlie, liebe Familienangehörige und alle anderem, die ihm nahestanden:
… Das Leben ist ein Traum, der Tod das Erwachen! Wenn es nur ein Traum war, den unser Freund, unser Vater, dieser Mensch gelebt hat, so muss es ein schöner Traum gewesen sein. Bei all den lieben Menschen um ihn herum, bei

*all der Liebe, die ihm im Leben entgegen-
schlug..."*

*Meine Mutter begann nun endlich, wirklich zu
weinen. Ich denke, ihr wurde bewusst, dass das
was der Pfarrer dort erzählte nicht der Wahrheit
entsprach, dass sie Charlie nicht auf die Art
und Weise geliebt hatte, wie er es vielleicht
verdient gehabt hätte. Dann sah sie zu Phil hinüber und fragte sich, ob es ihr nun besser ging,
ob 'Phil' ein Fortschritt war, ob es das alles wert
war... Ich hörte dem Pfarrer zu und achtete
nicht mehr auf meine Mutter.*

*„Ich zitiere aus der Bibel, Jesaja 61,1." Der
Pfarrer schlug ein Buch auf, das er bislang in
der rechten Hand unter seinem langen schwarzen Ärmel gehalten hatte. Er holte tief Luft,
schaute noch einmal über seine halbmondför-
migen Brillengläser hinweg auf die Trauerge-
meinde und begann langsam zu sprechen:*

*„Gott hat mich gesandt,
den Elenden gute Botschaft zu bringen,*

*die zerbrochenen Herzen zu verbinden,
zu trösten alle Trauernden."*

Phil begann zu schluchzen. Er hielt meine Hand und drückte ziemlich fest zu. Das tat mir weh und ich wimmerte leise, doch er schien es nicht zu merken. Der Wind frischte auf und Phils strähniges Haar wehte nach hinten und gab seine hohe Stirn preis.

*„Die in Trauerkleidung umhergehen
sollen wieder Gewänder des Lebens anziehen können.
Den Niedergeschlagenen,
die stumm sind von ihrem Leid,
soll wieder Kraft zuwachsen,
so dass sie Pflanzung Gottes genannt werden."*

Ich habe damals nicht wirklich verstanden, was der Pfarrer damit meinte. Ich fragte meine Mutter. Sie sah mich an und zischte: „Schhh sei schon ruhig! Irgendwann sollen wir aufhören zu trauern und uns wieder freuen, das meint der Pfarrer…" „Wann hören wir damit auf Mama?"

Sie schnaubte und fasste mich fester am Handgelenk: „Sei leise jetzt Emily!" Ich seufzte.

Der Pfarrer erzählte noch einiges mehr, von dem schrecklichen Verlust, dem unaufgeklärten Verbrechen, der Verantwortung, die die Polizei der Stadt nun trage... Ich habe nicht alles verstanden damals aber das fand ich nicht so schlimm. Wichtig war, dass ich da war, fand ich. Meine Mutter und Phil blickten immer wieder zu mir hinunter, vielleicht um festzustellen, wie es mir ging, vielleicht, um sich zu vergewissern, dass mit mir alles in Ordnung war. Vielleicht aber auch um zu sehen, dass ihre Entscheidung mich mitzunehmen, keine schlechte gewesen war.

Nachdem der Pfarrer fertig war mit seiner Rede, war mir, als würden die Menschen aufatmen. Anscheinend war nun der schwierige Teil geschafft und sie konnten zum fröhlichen übergehen, Geschichten über meinen Vater erzählen und zu versuchen, ihn in guter Erinnerung zu behalten. Einzelne Personen, die ich nicht kannte, lachten sogar halbherzig. Einige Leute von der Polizei wollten auch noch etwas sagen und so zog sich die Prozedur noch eine ganze Weile hin. Niemand schien zu bemerken, dass es immer kälter wurde auf dem Friedhof. Ich fror mittlerweile sehr und zitterte. Phil bemerkte es nach einer gewissen Zeit und legte seinen Arm um mich. Von außen mussten die Anwesenden es gedeutet haben, als herrsche in dieser schweren Stunde Einigkeit zwischen den Hinterbliebenen des Toten und seinem besten Freund. Doch ich wusste es besser.

Schon seit einer ganzen Zeit, ich weiß nicht mehr genau, wann es anfing, hatten sich meine Mutter und Phil getroffen. Als ich sie einmal fragte, warum sie das tue, sagte sie ziemlich unwirsch, ich solle mich nicht in Angelegenheiten von Erwachsenen einmischen, davon würde ich sowieso nichts verstehen. Sie war in regelmäßigen Abständen in unsere alte Heimat geflogen und hin und wieder war auch er bei uns gewesen. Er versuchte wohl mein „neuer Vater" zu werden aber das wollte ich nicht.

Nach einer Weile, die ich so nachgedacht hatte, bemerkte ich, dass Phil sehr schwer atmete. Er fasste sich immer wieder an den Hemdkragen, steckte einen Finger hinein und zog daran, so als wäre dieser zu eng und er bekäme keine Luft. Ich wunderte mich über sein Verhalten und meine Mutter fragte ihn: „Geht's dir gut?" Er nickte, bleich im Gesicht. Die acht jungen Männer aus der Kirche hatten inzwischen den Sarg angehoben und ließen ihn, auf zwei Seilen liegend, ganz langsam und würdevoll in die Grube gleiten. Ich reckte meinen Hals, um alles sehen zu können und vergaß Phil für einen Moment. Dann mussten wir aufstehen und uns ganz am Ende in die lange Schlange der Leute einordnen, die am Grab Abschied nehmen wollten. Ich fragte meine Mutter, wieso wir ganz hinten stehen mussten, das gefiel mir nicht. Mir war kalt. „Sie sagte: „Die Familie nimmt zuletzt Abschied" und mir war als würde ihr ein Kloß im Hals stecken.

Es dauerte seine Zeit, bis wir am Grab angekommen waren. Zuerst nahm meine Mutter eine Rose von dem Stapel Blumen, der an der Seite der Grube lag und warf sie auf sie auf den Sarg. Ihr Gesicht war wie versteinert. Phil nahm auch eine Rose und wollte etwas sagen, doch er bekam nur sehr schwer Luft. Immer wieder klopfte er sich auf die Brust und hustete, doch es wurde nicht besser. Dann sah er mich an. Seine Augen waren verquollen und rot, sie leuchteten im Dämmerlicht, so schien es mir. Er röchelte. „Charlie…", sagte er und hustete erneut. Phil fiel auf die Knie, meine Mutter kreischte. „WAS IST MIT DIR?"

Sie hatte sich neben ihn gehockt und seine Schultern umfasst, als wolle sie ihn schütteln. „Mama…", sagte ich, geschockt von diesen Bildern. Sie reagierte nicht darauf. „Wollte das alles nicht… wurde gezwungen… kann nichts tun…", presste Phil heraus. Seine Augen überschlugen sich in seinem Kopf, er rollte sich zusammen wie ein Baby und blieb liegen, schwer atmend, keuchend. Meine Mutter war außer sich: „RUFT EINEN KRANKENWAGEN!" Mehrere der anwesenden Polizisten taten, wie ihnen befohlen worden war und zückten ihre Telefone. Hastig zog meine Mutter ihren Mantel aus und legte ihn über Phil, streichelte seinen Kopf. „Was ist mit dir?", fragte sie immer wieder, flüsternd, stockend und die Situation nicht verstehend. Sie nickte dem Pfarrer mehrfach zu und deutete auf mich. Ich wusste zuerst nicht warum sie das tat, doch der Pfarrer kam zu mir, nahm mich grob bei der Hand, sagte leise und eindringlich: „Komm meine Kleine, ich bring dich woanders hin..." und führte mich weg vom Grab, weg von Phil. Als ich so ein paar Schritte hinterhergeschleift worden war, zerschnitt ein Schrei die angespannte Stille um mich herum. Wie von der Tarantel gestochen, fuhr ich herum und erschrak:

Phil war es, der schrie: „NEEEEEEIIIIN! SIE MUSS ES WISSEN! SIE MUSS ES ERFAHREN!" Dann stöhnte er auf vor Schmerzen und hielt sich seinen Bauch. Er wimmerte. „ES TUT

MIR LEID…. ICH…" Dann wurde er ohnmächtig und sackte leblos in sich zusammen.

Als Phil am Abend wieder zu Hause war, meine Mutter und ich hatten ihn aus dem Krankenhaus abgeholt, wirkte er fahrig und nicht ganz bei sich. Die Ärzte hatten ihn, so erzählte mir meine Mutter später, ohne Befund wieder nach Hause geschickt. Es gab anscheinend keine medizinischen Gründe für sein Zusammenbrechen, seine roten Augen, seine Schmerzen. Auf der Rückfahrt unterhielten sich meine Mutter und Phil:

„Phil mein Schatz, ich hatte solche Angst um dich, du hast Sachen gesagt…" – „Was für Sachen denn?" – „Na, weißt du das nicht mehr?" – „Nein… kann mich an nichts erinnern Bella!" – „Es war furchtbar!" – Was hab' ich gesagt? Ich weiß nur noch, dass ich eine Rose auf Charlies Grab werfen wollte, dann muss ich ohnmächtig geworden sein und bin im Krankenwagen wieder zu mir gekommen…komisch das alles…" – Du hast so laut geschrien! Es war nicht auszu-

halten..." – Bella! Was habe ich gesagt?" – Ich wollte, es würde alles wieder normal werden, so..." BELLA! Was...habe... ich... gesagt?" – Nicht jetzt Phil, du machst der Kleinen Angst..." – „Gut! Aber dann nachher! Hier gehen Dinge vor, die mir nicht gefallen..."

Dann schwiegen sie wieder, bis wir zu Hause waren. Meine Mutter sagte mir beim Schlafengehen, dass ich mir keine Sorgen machen müsste, Phil ginge es jetzt wieder sehr gut. Alles würde wieder so werden wie es früher war. „Früher war Papa noch bei uns..."„Ja!", sagte meine Mutter, „da wo er jetzt ist, geht es ihm bestimmt auch gut! Schlaf gut mein Schatz!" Dann schloss sie die Tür und ich musste feststellen, dass ich in der Frage, ob es Papa gut ging oder nicht, ganz anderer Meinung war.

EINE DUNKLE AHNUNG

Charlie hatte den Entschluss gefasst, doch noch etwas zu unternehmen, die wenigen Tage, die ihm geschenkt worden waren, nicht tatenlos verstreichen zu lassen und zu versuchen, seinen eigentlichen Plan zu verwirklichen: Herauszufinden, wer sein Mörder war. Doch dieses Unterfangen stellte sich als sehr schwierig heraus. Er hatte keinen Anhaltspunkt. Er wusste nur, dass sich Phil und seine Ex-Frau Bella sehr seltsam verhielten, dass man ihn innerhalb der Mordkommission für „nicht dienstfähig" gehalten hatte und dass nicht geklärt war, wer ihn umgebracht hatte. Dies alles war zwar schön zu wissen, fand Charlie, doch brachte es ihn nicht weiter.

Charlie hatte beschlossen dem Anhaltspunkt: Bella und Phil" nachzugehen und war nun auf dem Weg zum Haus seines Freundes Phil. Es war im Grunde nicht weit entfernt von seinem eigenen, nur einige Querstraßen und doch fühlte sich der Weg dorthin unendlich lang an. Jeder seiner Schritte war bleischwer. Er hatte Angst dort hinzugehen, hatte Angst, dass er ähnliches erleben würde, wie bei den Aufeinandertreffen mit Menschen zuvor. Der Fährmann schien ihn zu beschatten, wenn man das so sagen konnte. Er fühlte sich verfolgt, fühlte sich nicht sicher in seiner Haut. Bei jedem seiner Schritte wähnte er sich beobachtet und genau so war es ja auch.

Der Fährmann hatte Charlie im Grunde nur aus einer Überlegung heraus gestattet, noch eine Woche auf Erden zu bleiben. Aus Neugierde. Er wollte sehen, wie sich Charlie anstellte. Ob er herausfand, was verborgen war. Zunächst schien sich alles so zu gestalten, wie er es sich gewünscht hatte. Charlie tappte im Dunkeln und verzweifelte zusehends. Der Fährmann labte sich an dieser Verzweiflung und begann vor lauter gierigem Durst nach Charlies emotionalen Befindlichkeiten seine eigentliche Arbeit zu vernachlässigen. Es ärgerte ihn immer noch, dass der Junge bei dem Autounfall nicht ums Leben gekommen war, auch wenn Charlie dies gerne glauben sollte. Nachdem dieser sich entfernt hatte, hatten die Ärzte es geschafft, ihn wieder zu beleben und seinen geschunden Kopf und Körper in langen, komplizierten Operationen zu heilen. Seine Eltern hatten es auch geschafft, wenn auch teilweise für ihr Leben gezeichnet. Aber sie waren verdammt noch mal nicht gestorben. Weil er nicht dort war. Weil er Besseres zu tun hatte. Auch anderswo war der Fährmann nicht so präsent wie gewohnt gewesen. Die Menschen lebten, obwohl es eigentlich an der Zeit war für sie zu sterben. Doch niemand holte sie ab. Diese Kleinigkeit nahm der Fährmann gerne in Kauf.

Die noch blattlosen Bäume knackten im Wind, als Charlie in die Straße zum Haus seines Haus einbog. Es war kalt. „Ungemütliches Wetter…", murmelte Charlie vor sich hin. Längst hatte er vergessen, dass er weder Kälte noch Wind spüren konnte. Er verfiel in alte Muster. Ein paar tiefhängenden Zweigen ausweichend, näherte sich Charlie der Auffahrt zum Haus seines Freundes. Es war weithin sichtbar und auffallend. Ein beeindruckendes Gebäude. Phils Vorfahren hatten es erbaut. Ein herrschaftliches

Haus, groß, mit einer weißen Marmortreppe vor einer riesigen Eingangstür aus dunklem, schwerem Mahagoniholz. Die Säulenfront kam im Dämmerlicht des sich neigenden Tages nicht so recht zur Geltung, waren doch sämtliche Fenster im Erdgeschoss hell beleuchtet. Drinnen schien sich jedoch niemand aufzuhalten, bemerkte Charlie als er einen Moment innehielt, um zu beobachten. Er wusste noch nicht recht, wie er es anstellen sollte, ins Haus zu kommen und dort mit Phil zu sprechen. Ihm war auch klar, dass er möglicherweise wieder Bella und Emily sehen würde. Dieser Moment der Ruhe vor dem Sturm gab ihm daher viel.

Das Haus war leer und dennoch brannte also Licht. In einem Zimmer hing eine Jacke schräg auf dem Kleiderständer, so als wäre sie nur hastig dort hingehängt worden. Vor der Eingangstür lag ein Schal und wehte träge gegen eine alte, graue Vase. Alles in Allem machte dieser Anblick auf Charlie den Eindruck, als wäre etwas in großer Hast geschehen. Er kannte Phil und seine Ex-Frau als ordentliche, reinliche

Menschen, denen so etwas unter normalen Umständen wohl nie passiert wäre. Charlie sah sich gerade noch einmal in der Straße hinter ihm um, als mit einem lauten Zischen sämtliche Straßenlaternen erloschen…

In der hereinbrechenden Dunkelheit waren sie gerade erst aufgeflammt, um die Straße in hellem, gelben Licht spärlich zu beleuchten und es fühlte sich an, als wäre nur darauf gewartet worden, dass sie angingen, um sie wieder auszumachen. Obwohl Charlie wusste, dass die Situation bedrohlich werden konnte, wenn der Fährmann dahintersteckte, schoss ihm ein Gedanke voll der Galgenhumors durch den Kopf und er flüsterte: „Tss… Effekthascherei so was…" Dann grinste er. Doch das verging ihm ganz schnell. Von der Ecke einer Straßenkreuzung, etwa 50 Meter von Charlie entfernt, rollte eine Luftwelle auf ihn zu, die nasses Laub, das auf dem Gehweg lag nach oben wirbelte. Mülltonnendeckel klapperten im Wind und Charlie konnte sich nicht bewegen. Als die Welle ihn beinahe erreicht hatte, hörte er eine Stimme in seinem Kopf, die deutlich wisperte: „Du wirst es nie erfahren..." Dann prallte die Luftwelle direkt gegen Charlie und warf ihn rücklings nach hinten um. Als er sich nach ein paar Sekunden wieder gesammelt hatte, konnte er an der Straßenkreuzung deutlich die Silhouette eines alten Mannes erkennen, der ihn, auf einen Wanderstock gestützt, im Licht einer einzelnen Straßenlaterne anzublicken schien. Die roten Augen leuchteten bedrohlich.

Die Szenerie glich einer unwirklichen Komödie. Im selben Moment als Charlie sich aufrappeln wollte, bog ein Wagen um die Straßenecke, an der der Fährmann stand. Durch das Licht der Straßenlaterne konnte Charlie seine Ex-Frau am Steuer erkennen und erschrak. Ihm wurde bewusst, dass er nicht weiter kommen würde in seiner Geschichte, ohne seine Familie zu gefährden und sie gleichzeitig gefährden musste, weil er weiterkommen wollte. Ihm blieb nicht mehr viel Zeit...

Charlie entschied sich schnell. Er musste es. Der Wagen kam rasch näher, der Fährmann schaute hinterher. Dann bog der Wagen nur ein paar Meter von Charlie entfernt in die Auffahrt ein und blieb auf dem Kiesrondell vor der Eingangstür stehen. Der Wind war inzwischen zum Sturm aufgefrischt. Bella sprang aus dem Wagen und warf die Autotür zu. Dann eilte sie um den Wagen herum, ihre langen dunklen Haare wehten ihr wirr um den Kopf und sie öffnete die Beifahrertür. Durch die abgedunkelten Seitenscheiben konnte Charlie erst jetzt erkennen, wem sie dort aus dem Auto half. Es war Phil. Er musste gestützt werden. Für einen kurzen Augenblick war Charlie in Sorge, besann sich aber schnell. Die Hintertür wurde ebenfalls geöffnet und Emily sprang heraus. Sie lief sogleich zur Eingangstür und klopfte laut. „Julien!", krähte sie. „Julien!

Julien war der Butler der Familie von Phil und das schon seit Ewigkeiten. Er war im Haus von Phil geboren und aufgewachsen, denn auch sein Vater war, mit einer kurzen Unterbrechung wegen eines Kriegseinsatzes, Butler in diesem Haus gewesen. Man munkelte der Vater von Julien habe ein Verhältnis mit der Mutter von Phil gehabt und sei möglicherweise auch dessen Vater gewesen aber Klatsch und Tratsch war in dieser Situation eher unangebracht, dachte Charlie. Er beobachtete Julien, der freundlich lächelte, als er Emily die Tür öffnete und sie aufhielt und das kleine Mädchen freudig hineinsprang, glücklich, nicht mehr im Auto sitzen zu müssen.

Julien war alt geworden, fand Charlie. Seine inzwischen weißen Haare, er mochte höchstens Anfang 50 sein, fielen locker um seinen Kopf, hinter den Ohren standen sie leicht ab. Er trug einen schwarzen Frack mit langen Schößen und blickte freundlich drein. Julien galt als loyal und zuverlässig. Stets war er höflich und zurückhaltend und Charlie mochte ihn, seitdem er ein Kind gewesen war und mit Phil in dessen Haus oder dahinter im Garten gespielt hatte. Oft hatte er ihnen an heißen Tagen, wenn es im Garten kaum auszuhalten gewesen war, ein

Schälchen mit Brombeereis gebracht und ihnen dann, während sie es aßen und schleckten, sanft über das Haar gestreichelt.

Charlie riss sich selbst aus seinen Erinnerungen, indem er sich aufraffte und sich schnell in Richtung Tür bewegte. Er musste dort hineinkommen, kostete es, was es wollte. Diese Gelegenheit durfte er nicht verstreichen lassen. Für alle anderen lautlos rannte er auf die große Eingangstür zu und dachte schon er würde es nicht mehr schaffen. Bella war soeben als letzte durch die Tür gegangen, die Julien immer noch aufhielt und ihr Rücken verschwand nach rechts hinter der Tür. Für einen Moment verlangsamte Charlie seinen Lauf, er war noch etwa zehn Meter entfernt und war unten fast am Fuß der Treppe angekommen. Er wollte schon aufgeben, als der graue Kopf des Butlers sich aus dem Türrahmen löste, dieser nach draußen trat, genau in Charlies Richtung blickte und ihn mit einer einladenden Geste ins Haus bat. Charlie war völlig perplex und blieb stehen. Konnte Julien ihn sehen? Wie war das möglich? „Ich glaub' ich spinne", stieß Charlie aus. Dann hob er seinen rechten Arm, schaute hinauf zu Julien und führte seinen Zeigefinger gegen seine eigene Brust. Mit den Lippen formte er tonlos die Worte: „Meinst…du…mich?" Julien lächelte, dann nickte er.

„Wieso hältst du die Tür so lange auf Julien? Es wird kalt, wir heizen nicht für draußen" Eine schneidende Frauenstimme hatte laut aus der Eingangshalle gerufen und Julien rief: „Verzeihen Sie Miss, ich habe geträumt und werde sie augenblicklich schließen!" Mit einer unmissverständlichen Geste machte er Charlie bewusst, dass er jetzt das Haus betreten musste, wenn er wollte. Charlie gehorchte. Mit schnellen, raumgreifenden Schritten, erklomm er die Treppe und huschte an Julien vorbei in die Eingangshalle. Julien sah sich draußen noch einmal um, entdeckte an der Grundstücksgrenze zur Straße einen alten Mann mit Spazierstock, nickte diesem leicht zu und verschloss die Tür hinter sich, als er das Haus wieder betrat. Draußen lächelte der Alte zufrieden, das Rot in seinen Augen erlosch und seine Gestalt verschwand so plötzlich, wie sie gekommen war...

Als Charlie in die Eingangshalle platzte, schien niemand sein Erscheinen zu bemerken. Bella nahm Emily die Jacke ab und hängte sie an die Garderobe, dann gab sie ihr einen Klaps auf den Hintern und schickte sie nach oben, sie solle spielen gehen. Nachdem sie ihr kurz hinterher geblickt hatte, lächelte sie leicht, strich sich eine Haarsträhne aus dem Gesicht und stand auf. Sie drehte sich zu Phil um, der sich auf einen Sessel hatte sinken lassen und ging auf ihn zu. Dann setzte sie sich auf die Lehne und begann seinen Kopf zu streicheln, beugte sich nahe an ihn heran und flüsterte ihm etwas ins Ohr. „Froh...Schrecken...Gott sei Dank..." Vielmehr verstand Charlie nicht. Aber das war im Augenblick auch nicht wichtig. Er drehte sich zu Julien um, der soeben die Tür schloss und Charlie zu verstehen gab er solle in den Keller gehen. Seine Lippen formten die Worte „Warte dort auf mich!" Julien hatte im Keller seine Dienstwohnung, vielmehr ein Zimmer, in dem er lebte, das wusste Charlie und neugierig wie er war, gehorchte er und ging langsam auf die steinerne Wendeltreppe zu, die nach unten ein Stockwerk tiefer führte. „Wünschen die Herrschaften noch etwas oder darf ich mich entfernen", sagte Julien beflissen in Richtung von Phil und Bella und fügte hinzu: „Das Essen ist bereitet und steht auf dem Herd in der Küche" „Vielen Dank Julien!", sagte Bella mit einem Lächeln und winkte „Gute Nacht!"

Als Charlie hinunter in den Keller ging, wandte er sich seiner Erinnerung folgend nach rechts und sah, dass die Holzbohlentür zu den Zimmern von Phil offenstand. Er drückte sie auf und trat ein. Auf dem Boden lag ein schwerer Teppich, das Zimmer war spärlich beleuchtet. Ihm gegenüber waren eine Sitzecke mit Couch vor einem Fernsehgerät und direkt dahinter die Tür zum Badezimmer. Von der Zeit als er klein gewesen war und mit Phil in kalten Wintermonaten hier unten herumgestromert war und mit Julien gespielt hatte oder sich von dessen Vater ob seines Benehmens tadeln lassen musste, war das Schlafzimmer und noch ein weiteres Zimmer, welches früher Juliens Kinderzimmer gewesen war, zu erreichen, indem man sich nach Betreten der Wohnung links hielt. Die Zimmer hatten bis auf das Badezimmer keine Fenster. Der Raum war nur durch ein paar Kerzen erleuchtet und es wirkte auf Charlie, als befände er sich in einem Kerker.

Vorsichtig ging er in den Raum hinein und setzte sich auf die Lehne der Couch. Irgendetwas gab ihm das Gefühl nicht willkommen zu sein. Er ließ den Blick im Raum wandern. An der Wand hingen vereinzelt kleine Bilder. Manche zeigten Juliens Familie. Glückliche Bilder waren das. Der Vater in schwarzem Frack, den Sohn auf den Knien und daneben die Mutter. Alle lächelnd. Alle froh. Nur wenn man genauer hinsah, konnte man bemerken, dass Julien nicht glücklich zu sein schien. Er lächelte nicht. Vielmehr starrte er in die Kamera, als wäre der Teufel höchstpersönlich der Fotograf gewesen. Auf allen Bildern, die ihn zeigten war es dasselbe. Jedes Mal wirkte der Junge erschrocken, fast schon ängstlich, mit schreckgeweiteten Augen. Charlie murmelte: „Wieso so ängstlich, Julien…?"

„Ich wüsste nicht, warum gerade ich ängstlich sein sollte mein alter Freund". Die Stimme Juliens zerschnitt die Stille im Raum und Charlie fuhr herum. Der Butler des Hauses war hereingekommen und zog sich seine weißen Handschuhe aus. Er faltete sich sorgsam und legte sie auf dem kleinen Sekretärtischchen ab, das neben der Eingangstür stand. Dann stand er nur da, die Hände hinter dem Rücken verschränkt und lächelte Charlie an. Diesem wurde das unheimlich: „Du schaust so verängstigt auf diesen Bildern Julien?" Julien nickte. „Das stimmt, ich war ein ängstliches Kind. Aber warum auch nicht?" Er lächelte. Charlie war verwirrt. „Wieso… Wieso kannst du mich sehen Jules?" Der Butler überging die Frage und näherte sich Charlie, nahm in ausreichendem Abstand zu ihm auf der Couch Platz und sagte nach einer Weile: „Ach, wo bleiben meine Manieren, die mir so vortrefflich antrainiert wurden? Möchte der Herr etwas trinken?" Charlie bemerkte den sarkastischen Tonfall, beschloss allerdings ihn zu übergehen. „Es ist mir nicht möglich..." „Ah ja, ich verstehe...", meinte Julien nachdenklich und nickte leicht.

Charlie wusste nicht recht, was er von der Situation halten sollte. Der Butler, den er seit Kindertagen kannte, konnte ihn, Charlie, sehen und mit ihm sprechen. Er vernahm jedes Wort, das Charlie sagte und konnte ihn sehen. Wie konnte das sein, spürten doch sämtliche andere Menschen allerhöchstens seine Anwesenheit, konnten ihn aber weder sehen noch hören oder gar mit ihm sprechen. Juliens Stimme riss Charlie aus seinen Grübeleien: „Was suchst du noch hier Charlie? Du machst alles nur noch schlimmer, merkst du das denn nicht?" Diese Worte kamen Charlie seltsam vertraut vor, doch zunächst konnte er sie nicht zuordnen, er runzelte die Stirn. „Ich muss wissen, wer mich umgebracht hat! Woher weißt du überhaupt..." Doch Julien unterbrach ihn: „Du lenkst ab! Ich möchte wissen was du hier noch tust!" Wiederum wusste Charlie nicht recht, was er denken oder machen sollte, denn in seinen Augen hatte er die Frage bereits beantwortet.

Er wiederholte das eben Gesagte langsam und deutlich. Vielleicht, so dachte er, war Julien auch einfach nur etwas begriffsstutzig. „Ich möchte herausfinden, wer mich getötet hat Julien" „Du musst nicht jedes Wort so langsam aussprechen, dass ein Kleinkind es verstehen würde, selbst wenn es unsere Sprache nicht spricht, mein Lieber." Die Wucht dieser Worte traf Charlie völlig unvorbereitet. Julien hatte zwar leise und ohne erkennbare Regung gesprochen, doch die Schärfe in seiner Stimme jagte Charlie Angst ein. Mit einem Ruck erhob sich Julien und ging auf Charlie zu. „Du möchtest wissen, wer dich umgebracht hat? Nun diese Frage kann ich beantworten." Julien war direkt vor Charlie stehen geblieben und durch das rasche Aufstehen war eine Kerze vor ihm auf dem Tisch verloschen. Im Halbdunkel musterte Charlie Juliens Gesicht und wie in vielen

Jahren antrainiert, machte sich sein Körper bereit zur Eskalation. Aber dazu kam es nicht.

Julien hatte sich wieder in Bewegung gesetzt und war an Charlie vorbei zu einem kleinen Wandschrank gegangen, in dem Gläser und eine Whiskeyflasche standen. Er lächelte, hatte er doch bemerkt, dass sich bei seinem Näherkommen Charlies Körper gespannt hatte, zur Abwehr bereit. Genüsslich und die Stille im Raum auskostend nahm er zwei Gläser aus dem Schrank und stellte sie vor sich auf die Kante des unteren Schrankregals. Dann nahm er die Flasche mit der goldbraunen Flüssigkeit und schenkte goss beide Gläser randvoll. Er schraubte den Flaschendeckel wieder auf und stellte die Flasche zurück. Dann drehte er sich mit beiden Gläsern in den Händen langsam um.

Charlies Herz hatte einen Hüpfer gemacht, als Julien verlauten ließ, er könne ihm sagen, wer ihn umgebracht hatte. Er hatte beschlossen, sich nicht mit dem komischen Gebaren des Butlers zu beschäftigen. In den letzten Tagen hatte er eine Art Angstresistenz entwickelt. Er war schließlich schon tot, was sollte ihm also passieren? Nur manchmal, vor allem wenn der Fährmann erschien oder wenn er verzweifelt war, weil er glaubte, nicht voran zu kommen, glomm sie leise auf. Gebannt und stumm hatte er verfolgt, wie sich Julien Whiskey einschenkte und dabei nicht bemerkt, dass eine weitere Kerze verloschen war. Eine einzige Lichtquelle versorgte nun den ganzen Raum und hüllte das Schauspiel in tänzelnde Schatten.

Julien näherte sich Charlie, der immer noch auf der Armlehne der Couch saß mit federnden Schritten. „Dein Tod hat alle sehr betrübt... Konnten sie doch aber nichts dafür, dass du gestorben bist..." Er stellte die beiden Gläser vor Charlie auf den Couchtisch und ging erneut zum Schrank, um die Flügeltüren zu schließen. „Wen meinst du mit '*sie*'?" Charlie hatte sich entschlossen, das Spiel mitzuspielen. Julien antwortete zunächst nicht, verschloss die Türen des Schrankes und anschließend drehte er den Schlüssel im Schloss der Eingangstür...

„*Sie* sind alle Menschen, denen du etwas bedeutet hast. Obwohl das, wie wir beide wissen, nicht sonderlich viele gewesen sein können." Er lachte. Charlie wollte empört widersprechen, hatte er doch beispielsweise gesehen, wie sehr Phil geweint hatte im Park. „*Sie* sind aber möglicherweise auch alle Menschen, denen dein Tod weh tat, denen du im Leben Unrecht getan hast und die niedergeschlagen sind, weil sie es nicht waren, die Vergeltung üben durften." Charlie brauste auf „Vergeltung üben wofür? Willst du mich verarschen Julien? Was für 'ne Scheiße redest du da? Ich…" Julien unterbrach ihn. Völlig ruhig und schneidend entgegnete er: „In meinem Haus redest du nicht so!" Charlie verstummte. Ein Zug, der ihm zu Lebzeiten viele Probleme bereitete, hatte sich wieder einmal Bahn gebrochen. Seine aufbrausende Art. Julien hatte ihn provoziert, sicher, aber Charlie hatte sich eben auch provozieren lassen.

„Erklär' mir, wie du meinst, was du sagst!" Charlie hatte seine Stimme beruhigt. Julien zog die Augenbrauen hoch und führte das Glas aus seiner linken Hand zum Mund. Er leerte es in einem Zug. Dann sagte er mit einem Grinsen: „Nun Herr Polizeikommissar... Sagen Sie mir doch was ich meine, Julien kann nicht alles wissen, das sollte Ihnen bewusst sein!" Dann schüttelte er, wie in einem Zwang zweimal seinen Kopf schnell hin und her und sog pfeifend Luft durch den Mund ein.

Charlie wusste nicht recht, was er darauf erwidern sollte und räusperte sich zunächst. Ihm war nicht klar, wieso Julien plötzlich in der dritten Person von sich sprach und weshalb er ihn siezte. Auch war ihm das nervöse Zucken nicht entgangen. Dieser Mann vor ihm schien ein ernsthaftes Problem zu haben. „Ich weiß nicht, was ich darauf antworten soll Julien." Er zuckte mit den Schultern. „Ich kann mich an nichts erinnern. Ich weiß nicht, wie ich in den Park gekommen bin, ich weiß nicht, wer mich umgebracht hat..." Seine Stimme erhob sich wieder. Er hatte keine Lust auf diese Spielchen. Julien lächelte irr. Charlie fuhr fort: „Ich weiß gar nichts... Ich wurde brutal zugerichtet. Mein

Körper, nicht ich. Ich bin ja hier, wie du siehst, warum auch immer..." Julien unterbrach ihn: „Ja! Julien sieht dich. Julien kann dich spüren. Du bist völlig real für Julien. Es mag daran liegen, dass ich anders bin, daran, dass ich weiß..."

Charlie wusste wiederum nicht, was er von dieser Aussage halten sollte und reagierte mit Schweigen und Stirnrunzeln. Nach einer gefühlte Ewigkeit, in der Julien ihn fast schon lüstern angestarrt hatte, presste er heraus: „A-Anders?" Direkt danach ärgerte er sich, dass er gestottert hatte und somit seine Unsicherheit offenbart hatte. Julien trank auch das zweite Glas Whiskey in einem Zug aus. Wieder zuckte sein Kopf und er leckte sich über die Lippen. „JA!", schrie er Charlie an, der ob dieser unerwarteten Lautstärke heftig erschrak. „ICH KANN DICH SEHEN. DU BIST SO WIRKLICH WIE ICH. SO WIRKLICH WIE MAN NUR SEIN KANN CHARLIE!" Julien sabberte. Er schrie sich in Rage und trat einen Schritt auf Charlie zu, der sich nun erhob. „Ich bin gestorben! Ich bin hier nur als Hülle Julien! Das musst du doch sehen! Wieso kannst du mich SEHEN?" Nun hatte Charlie auch geschrien und stand Julien gegenüber, der die beiden nun leeren Gläser weiterhin in der Händen hielt.

„Wie kann man nur so blind sein? Gerade von dir hätte ich mehr erwartet!" Charlie war sprachlos. Dieser Mensch hier vor ihm verhielt sich völlig wahnsinnig. Er wechselte so schnell zwischen den Gemütszuständen aus Wut und jovialer Gelassenheit, dass Charlie schwindelig wurde. Er musste sich wieder setzen. Sein Kopf schmerzte.

Julien war mit einem Lächeln auf den Lippen schwingenden Schrittes zum Schrank gegangen, in der die Whiskeyflasche stand und goss sich wie selbstverständlich erneut zwei Gläser ein. „Wenn er nicht kann, muss es ein Schlückchen mehr sein für mich…Julien ist hocherfreut…", gluckste er, drehte sich erneut zu Charlie um und stellte sich ganz nah vor ihn. Er trank das Glas in seiner linken Hand in einem

Zug aus und beugte sich dann ganz nah an Charlies Gesicht hinunter, der seinen Kopf in den Händen dasaß, ein Häufchen. Elend. Er flüsterte nun: „Es begann schon als ich noch klein war, Charlie, mein Vater hatte Schwierigkeiten. Er war gefangen in diesem Haus, gefangen in dieser Stellung." Julien hatte zu reden begonnen und ein leichtes Lallen mischte sich in seine Stimme. Charlie nahm die Hände vom Kopf und hörte aufmerksam zu. Ihm war, als dürfte er Julien jetzt nicht unterbrechen. Vielleicht erfuhr nun etwas und vielleicht würde dieser Wahnsinn dann endlich ein Ende finden. Charlie war gestresst und ihm war durchaus bewusst, dass die Gefahr für ihn, wenn man es denn so nennen konnte, immer weiter stieg, je mehr Julien trinken würde. Doch ihn davon abzuhalten, hätte bedeutet, ihn zu unterbrechen und genau das wollte und konnte Charlie nicht. So viel war klar.

Julien nahm einen weiteren Schluck und setzte wieder zu sprechen an: „Ein abscheuliche Sache war das... Ich wuchs auf und war mei'm

Vater ausgeliefert… Oft wurde ich schlecht behandelt, oft war ich das Ventil für seinen Frust. Er hat mich geschlagen Charlie…" Julien wollte sich offensichtlich rechtfertigen, aber Charlie war in diesen Momenten noch völlig unklar, wofür. „Es musste ja so kommen…" Er trank das zweite Glas aus und ging erneut zum Schrank. Nachdem er in wilder Entschlossenheit, stumm von Charlie beobachtet, die beiden Gläser gefüllt hatte und sich nicht mehr die Mühe machte, die Flasche zu verschließen und zurück in den Schrank zu stellen sagte er mit belegter Stimme: „Ich trinke Charlie. Seit ich klein bin. Mein Körper ist am Ende." Dann flüsterte er: „Ich kann nicht mehr Charlie… Ich sollte sterben vor einer Woche, ER war hier bei mir… ER wollte mich mitnehmen…" Charlie stockte der Atem. Ihm schwante Böses. Konnte es möglich sein, dass auch Julien einen Handel mit dem Fährmann eingegangen war?

„Alle wollt'n mich schädig'n! Alle wollt'n mir ans Leben! Nur einer hat an mich … geglaubt, er … gab mir Zeit, ich musste … Geleg'nheit nutzen, ich musste ... es tun Charlie! Julien musste ... es tun." Immer wieder hatte er Pausen beim Sprechen eingelegt. Immer wieder hatte er gestockt. Was Charlie befürchtet hatte, wurde nun Gewissheit.

„Was hat der Fährmann dir geboten Julien?"

Julien antwortete nicht. Er trank beide Gläser in schnellen Zügen leer und begann zu schielen. Sein Mund stand weit offen, wie in Trance begann er zu wanken, dann fiel er vornüber auf die Couch. Ihm ausweichend sprang Charlie auf und fiel dabei über die Couchlehne, auf der er gesessen hatte. „Julien...", sagte er, als er sich aufrappelte. Sein Kopf dröhnte. Er kam nicht weiter mit dem, was er sagen wollte. Julien hatte die beiden Gläser immer noch in seiner Hand. Nach einer kurzen Phase der Ruhe zuckte sein Körper einmal, dann ein zweites Mal. Plötzlich geschah es: einer Marionette ähnlich, schwang sich sein Körper wie von unsichtbaren Fäden gezogen in die Luft, die Arme und Beine baumelten haltlos herunter. Charlie schnappte nach Luft. Der ganze Körper schien sich aufzubäumen und Charlie bemerkte sofort die rot glühenden Augen, die nun wie Scheinwerfer auf Charlie gerichtet waren, der sich noch immer am Boden befand. Unfähig aufzustehen. Unfähig zu denken. Ein eisiger Luftzug fuhr durch den Raum und Charlie gefror das Blut in den Adern. Dann sah er Juliens Mund, der sich bewegte, sich öffnete und schloss, doch keine Stimme drang aus diesem Mund. Vielmehr pochte sie ihm von innen schmerzhaft und unglaublich laut gegen seine Schläfen. Er hörte sie deutlich in seinem Kopf und konnte sich ihrer nicht entziehen.

„Du wirst es nicht erfahren Charles! Dein Weg ist hier zu Ende! Alles war umsonst! Du verschwendest deine Zeit. Jeden, den du mit einbeziehst, bringst du in Gefahr. Jeder wird sterben, der dir hilft!" Charlie begann zu schreien, er konnte den Schmerz in seinem Kopf nicht mehr ertragen, er wollte sterben, endlich Frieden haben.

„NIMM MICH MIT! ICH KANN NICHT MEHR!"

Die Verzweiflung der letzten Tage, in den letzten Minuten um ein Vielfaches potenziert, brach aus ihm heraus. Er konnte sich nicht mehr wehren. Er wollte es nicht mehr. Er wollte nur noch ruhen, was auch immer dann mit ihm geschehen mochte. Ihm war alles egal. Diesen gebrochenen Mann, Julien, hier vor sich sitzen und in den Wahnsinn fallen zu sehen, hatte ihn nun auch gebrochen. Die Marionette Julien stockte. „Du willst, dass ich dich mitnehme Charlie?"
„JA! Beende das alles!"

Das Gesicht von Julien lächelte, schwebend direkt über Charlie, der am Boden kauerte und sich nicht bewegen konnte. Alle Energie war aus ihm verschwunden. Wie ausgesogen. Schwach und ohne Mut. Die Marionette schwebte heran. Sie war zu einem Medium des Fährmannes geworden. Er sprach durch Julien, er handelte mit dessen Hilfe, soviel war Charlie klar. Julien streckte seinen Arm aus. „Es wird sehr schnell gehen Charlie...", versprach er,

„…viel schneller als Einschlafen…" Ein bitterböses Grinsen blitzte auf und die roten Augen funkelten vor Lust. Charlie fühlte sich benommen, wahnsinnig, wohl und klamm zugleich. Er wollte es geschehen lassen, er wollte, dass es beendet war, er konnte nicht länger durchhalten.

„Ich werde dich berühren, dann ist alles vorbei." Der schmale, lange Zeigefinger Juliens bewegte sich auf seine Stirn zu und Charlie schloss in Erwartung des nun endgültigen Todes seine Augen. Er wollte den Moment genießen und sich würdevoll von seinem Dasein verabschieden. Dann klopfte es laut an der Tür.

Eine Frauenstimme rief: „Was machst du denn für einen Lärm Julien? Geht es dir gut? Ich kann so nicht schlafen!" Juliens Körper fuhr herum und durch diesen Luftzug erlosch auch die letzte Kerze im Raum und alles hüllte sich in tiefe Dunkelheit. Wie jemand der sich unbeobachtet wähnt und dann plötzlich angesprochen wird, schien der ganze Raum zusammenzuzucken. Kein Zeigefinger berührte Charlies Stirn.

Er öffnete die Augen und starrte zur Tür, obwohl er außer einem schmalen streifen Licht nichts erkennen konnte. Nicht Bella! Unwillkürlich begann er zu flüstern und wiedergewonnene Stärke mischte sich in seine Stimme. Er schien Kraft zu ziehen aus der Angst um seine Ex-Frau, die ihn zwar verlassen, die er zwar verletzt hatte, die aber noch immer eine gewichtige Rolle in seinem Leben und in seinem Herzen einnahm. Er liebte sie. Er würde sie immer lieben. Er flüsterte, unhörbar für jeden, der sich nicht in diesem Raum befand: „Fährmann, ich spreche nun direkt... zu dir. Bitte warte noch! Einen Tag habe ich noch Zeit. Diese Zeit hast du versprochen, diese Zeit wirst du mir geben. Du verschonst meine Frau! Du verschonst meine Tochter!" Die roten Augen waren verloschen, damit das rote Licht nicht unter der Tür hindurch in den Kellerflur fallen konnte. Juliens Gesicht lächelte böse und enttäuscht zugleich. Es flüsterte ebenfalls, damit Bella vor der Tür nichts mitbekam. „Und wenn nicht?" Charlie musste schlucken. „Du hast mir Zeit versprochen. Halte dich daran." Charlies Stimme hatte trotz des Flüstertons an Stärke und Schärfe gewonnen. Ein letztes Mal lenkte der Fährmann ein. „Einen Tag!"

Juliens Körper entspannte sich und sackte auf der Couch zusammen. Seine Augen waren geschlossen. Die Kerzen entzündeten sich wieder und tauchten den Raum in, wie Charlie fand, gleißend helles Licht. Juliens Stimme zerschnitt die Stille und beendete das Klopfen an der Tür. Mit völlig normaler Stimme sagte er: „ Verzeihung gnädige Frau, ich hatte das Fernsehgerät wohl etwas zu laut eingestellt. Entschuldigen Sie bitte diese Ruhestörung, ich habe das Gerät leise gedreht. Eine Gute Nacht Ihnen!"

Von draußen erschall ein leises und doch strenges „Gute Nacht Julien", dann entfernten sich die Schritte, wieder die Treppe hinauf. Bella war beruhigt. Charlie ebenso. Er versuchte sich zu sammeln und zu verarbeiten, was gerade geschehen war. Er wollte warten und dann aus diesem Kerker verschwinden. Er traute sich nicht, mit Julien zu sprechen. Er wollte es auch nicht. Auch war er sauer auf sich selbst, weil er eingeknickt war. Er hatte Schwäche gezeigt. Er war nicht er selbst gewesen.

Julien schien zu schlafen. Sein Körper lag schlaff auf der Couch, die Arme lagen am Körper an, die Handflächen nach oben offen. Sein Gesicht machte einen friedlichen Eindruck. Er atmete tief, wie jemand, der eine große Strecke schnell gelaufen ist. Charlie beschloss, sich nicht weiter um diesen Mann zu kümmern, der absolut nicht mehr der Person entsprach, an die Charlie sich mühsam zu erinnern suchte. Anscheinend hatten ihn Sorgen, quälende Ängste und Zurückweisung zu dem werden lassen, was er heute war. Eine enttäuschende Person.

Charlie versuchte seine Gedanken zu ordnen, abermals. Julien hatte von einem Handel gesprochen, einem Handel zwischen ihm und dem Fährmann. Augenscheinlich hatte sich Juliens Gesundheitszustand wegen seiner Trinksucht, die eben offenkundig geworden war, so rapide verschlechtert, dass der Fährmann sich gezwungen sah zu handeln. Ob er von seinem eigentlichen Plan, Julien zu einer gewissen Zeit zu sich zu holen dadurch abweichen musste oder ob all dies schon in den Plan einbezogen war? Charlie wusste darauf keine Antwort. Vielmehr wunderte er sich, dass der Fährmann ihm wiederum nachgegeben hatte. Im Grunde hatte Charlie keine Handhabe gegen ihn, kein Druckmittel. Im Grunde war er ihm ausgeliefert, ohne irgendeine Möglichkeit aus seinem Schicksal auszubrechen. Charlie drängte sich der Gedanke auf, als würde der Fährmann mit ihm spielen, nur um seiner Belustigung willen. Eine weitere Frage war, weshalb der Fährmann diesen Handel eingegangen war. Für Charlie gab es nur eine mögliche Antwort auf diese Frage…

Als der Fährmann gekommen war, um Julien zu sich zu holen, musste dieser in Todesangst gefleht haben, ob er nicht irgendetwas tun könne, um seine Frist zu verlängern. Dem Fährmann musste aufgegangen sein, dass Julien ihm tatsächlich nutzen könnte. Die Gegenleistung musste mehr Zeit gewesen sein. Aber wofür konnte der Fährmann Julien gebrauchen? Wobei konnte er ihm helfen? Da sich der Butler mehrfach vor Charlie gerechtfertigt hatte, musste es etwas mit ihm selbst zu tun haben. Aber eine Beteiligung von Julien an Charlies Mord konnte er sich beileibe nicht vorstellen, trotz der Dinge die in diesem Raum soeben geschehen waren. Es fühlte sich an, als hätte Julien ganz genau gewusst, dass Charlie in dieses Haus kommen würde, als würde all dies zu einem größeren Plan gehören.

Eine weitere große und drängende Frage war, weshalb Julien ihn hatte sehen können, mit ihm hatte sprechen können. Von außen musste es sich lächerlich angehört haben, dieses einseitige Gespräch von Julien mit jemandem, der offensichtlich nie eine Antwort gab und doch oft Dinge zu sagen schien, die dem Gesprächsverlauf dienlich waren und passende Antworten von Julien erzwangen. Möglicherweise, so sinnierte Charlie, war es die Todesnähe gewesen und der Handel, den Julien mit dem Fährmann geschlossen hatte, die ihn Personen sehen ließen, die für andere, mitten im Leben stehende Menschen, nicht sichtbar waren. Charlie nickte zufrieden. Dann stand er auf und starrte stumm auf die Tür, hinter der eben noch seine große Liebe gestanden hatte.

Nach einer halben Stunde, in der Charlie vor sich hin gegrübelt hatte und zu keinen neuen Erkenntnissen gelangte, beschlich ihn das Gefühl, er müsste weitere Gespräche führen. Mit Phil. Vielleicht mit Bella. Dies würde sich schwierig gestalten, konnten sie ihn doch erwiesenermaßen und anders als Julien nicht sehen. Behutsam ging Charlie zur Tür, warf einen letzten Blick auf den Butler, der noch immer schlief, drehte den Schlüssel und huschte hinaus in den Kellerflur. Dann schloss er die Tür sorgsam und leise hinter sich und wandte sich zur Treppe nach oben. Er hatte Glück gehabt. Großes Glück.

Leise schlich er den Treppenaufgang hinauf und schaute sich vorsichtig in der Eingangshalle um. Niemand war zu sehen. Der Sessel stand immer noch da, als wäre Phil erst vor wenigen Sekunden aus ihm aufgestanden. Auf dem kleinen Tisch davor stand ein halbleeres Glas Wein. Man hätte es auch als halbvoll bezeichnen können aber Charlie war in diesem Moment nicht nach Optimismus zu Mute. Seine ganze Kraft, all seine Gedanken waren darauf gerichtet, eine Lösung zu finden. Mit aller Macht suchte er nach Antworten. Er nahm an, dass Julien ihn nicht umgebracht hatte, er nahm auch an, dass Phil es nicht gewesen sein konnte. Jemand anderes musste es getan haben, doch wer genau, das wusste Charlie nicht. Phil war viel zu reuig gewesen, hatte geweint und sich überhaupt nicht als der kaltblütige Killer präsentiert, der er hätte sein müssen, um solch eine Tat zu vollbringen. Die Brutalität war es, die Charlie abschreckte und sie hätte mit Sicherheit auch Phil abgeschreckt. Bei Julien wusste Charlie nicht so recht, woran er war. Es war nicht viel mehr als ein Gefühl, eine Ahnung, dass er es nicht getan haben konnte, denn er wirkte so aufgelöst und nicht planend, nicht kühl genug berechnend, ebenfalls nicht brutal genug. Aber er wirkte besessen, er wirkte nicht wie der Julien, den er als Junge kennengelernt hatte. Er war nicht mehr der Mann, der er einst gewesen war.

In der Eingangshalle ließ er nach diesem kurzen Gedankenspiel seinen Blick schweifen und überlegte, was nun zu tun war. Bevor er mit den Augen die große Treppe erreicht hatte, war der Entschluss in ihm schon gereift. Langsam und bedächtig, auf jeden seiner Schritte achtend, machte er sich auf und stieg die großen, breiten und mit Teppich belegten Stufen der Treppe hinauf zu klettern und wunderte sich, dass das Geländer ein wenig knarrte, als er sich darauf abstützte. Als Kind hatte er immer springen müssen oder es zumindest nach außen so dargestellt, denn die Stufen kamen ihm so hoch vor. Seine kurzen Beinchen konnten den Höhenunterschied damals nicht meistern. Heute war das anders aber aus Gewohnheit, vielleicht auch aus Bequemlichkeit oder weil die jüngsten Ereignisse ihn mächtig mitgenommen hatten, stütze er sich ab, so wie damals, als er klein gewesen war.

Als er klein gewesen war... Zu dieser Zeit so wurde Charlie beim Aufstieg bewusst, hatte er keine Ahnung gehabt welches Leid auf der Welt vorherrschte, welche Schmerzen das Leben verursachen konnte, wie sehr Menschen, denen man vertraute, verletzen konnten, manchmal ohne es zu wollen, manchmal ohne anders zu können, oft jedoch auch mit voller Absicht. Mit bestem Wissen und Gewissen. Als Kind war man noch frei. Als Kind wusste man nur das was gerade wichtig war. Vielleicht noch das, was morgen wichtig sein würde und mit sehr viel Glück, wusste man noch, was gestern wichtig gewesen war. Das Denken in großen Dimensionen musste man erst viel später lernen, wenn man erwachsen wurde. Charlie konnte sich erinnern, dass er nie wirklich erwachsen werden wollte, denn das Gefühl der Überforderung in bestimmten Augenblicken, wenn es darum ging, schnell gute Entscheidungen zu treffen, kannte er nur zu gut. Als Kind hatte er nie gelernt, damit umzugehen und dies schien ihm in jungen Jahren, als Charlie Anfang 20 war, zum Verhängnis zu werden. Im Laufe der Zeit lernt er jedoch seinen Geist zu steuern, sich der Angst zu verschließen und sich auf das Wesentliche zu konzentrieren.

Aber jetzt gerade, in diesem Moment, als er am Ende der Treppe angekommen war, schlich sich diese Angst, diese Ohnmacht wieder ein. Charlie fühlte sich klein und hilflos, er fühlte sich wie ein Kind, das nicht weiß, was morgen sein wird und das heute um jedes deutliche Wort der Entscheidung verlegen ist, weil es ganz einfach nicht einschätzen kann, welches Resultat diese Entscheidung hervorrufen, welche Tragweite seine Handlung haben wird...

WAHRSCHEINLICH ANGST

Fällt frischer Schnee, dann fühlt man wieder das Kind in sich. Man fühlt sich wieder rein und weiß und leicht. Eben genau so wie Schnee. Auf den ersten Blick. Dass der Schnee im Grunde farblos ist, erscheint dabei als böse Ironie der Welt. Könnte man dann nicht annehmen, dass alle die, die strahlen, die weiß und unbelastet sind, im Grunde nur ein sehr farbloses Leben führen? Nichts belastet sie, nichts gibt ihrem Dasein Farbe, keine Ecke, keine Kante. Kinder sind so. Doch werden sie erwachsen, bekommen sie Schrammen, kleine Macken, Ecken und Kanten. Das macht den Menschen aus. Nicht zu sein wie jeder andere. Ganz im Gegenteil: Völlig anders zu sein, als jeder andere.

Charlie hatte immer gedacht er sei völlig anders als die meisten Menschen. Bis zu seinem Dreißigsten Lebensjahr hatte er nicht viel auf die Freuden des Lebens gegeben, war nur selten etwas trinken, nur selten mit seinen Freunden unterwegs, hatte selten gefeiert. Durch seinen Vater hatte er eine Abneigung dagegen entwickelt, die tiefer reichte als alles andere in seinem Leben. Trinken und die Kontrolle verlieren wollte er nicht, die Kontrolle behalten und Trinken das gehe nicht, so dachte Charlie. Er war von je her ein nachdenklicher Typ Junge, später Typ Mann gewesen.

Draußen vor dem Herrenhaus begann es wieder zu schneien. Charlie konnte es durch die großen Fenster sehen, als er sich oben am Treppenabsatz noch einmal in Richtung der Eingangstür wandte. Er seufzte. Charlie hatte es satt, die Kälte, die Anspannung, die Unwissenheit. Es musste vorangehen. Er musste etwas mehr riskieren, noch mehr als ohnehin schon.

Charlie nickte, dann machte er sich auf den Weg zum Schlafzimmer seiner Tochter. Womöglich konnte sie ihm etwas sagen, unbelastet und vertrauensvoll wie sie war. Dass er sie damit womöglich in Gefahr brachte, war ihm in diesem Augenblick gleich, denn seine ihm verbleibende Zeit wollte er sinnvoll nutzen. Verschwendung war ihm zuwider. Aber genau das, so war zumindest sein Gefühl, hatte er in den vergangen sechs Tagen getan. Zeit verschwendet. Charlie schüttelte den Kopf. Das musste aufhören.

Charlie tastete sich an der dunklen Wand entlang durch den langgestreckten Flur. Seitlich gingen die großen Zimmer des Herrenhauses ab. Alte Gemälde hingen an der Wand und die gemalten Augen schienen ihn zu verfolgen. Er fühlte sich unbehaglich und unsicher. Eine Tür zu seiner Rechten stand offen und er konnte durch den Spalt hindurch in den Raum blicken. Er war leer und hinten im Raum stand ein Kamin, in dem ein prasselndes Feuer brannte. Die Flammen schlugen hoch und verbreiteten eine wohlige Wärme in dem ansonsten kargen Raum. Nur ein einziges rotes Sofa stand vor dem Kamin, dahinter ein kleiner dunkelbrauner Schrank, der auf vier schwarzen greifartigen Füßen ruhte. Im Raum war augenscheinlich niemand, umso mehr wunderte es Charlie, dass da im Kamin ein Feuer so herrlich prasselte.

Das Prasseln des Feuers und die Reflektion der Flammen in den dunklen Fensterscheiben umfingen Charlie, als er in den tiefschwarzen Flur zurücktrat und sich zunächst orientieren musste, so geblendet war er von der Wärme und dem Licht. Kindheitserinnerungen an Osterfeuerbesuche mit seiner Mutter und später in seiner Jugend mit seinen Freunden keimten auf, doch Charlie unterband dieses Geplänkel. Er hatte Wichtigeres zu tun. Er tastete sich einige Schritte weiter und erhaschte Stimmen, die leise miteinander flüsterten. Es kam von links. Er konnte selbst die im Flüsterton gesprochenen Worte zuordnen und wusste nach kurzer Zeit, wer dort mit wem sprach. Es waren Phil und Bella.

Charlie schlich vorsichtig zur ihm nächsten Zimmertür. Sie stand einen Spalt weit offen, wahrscheinlich, um jedes Geräusch hören zu können, das aus dem Zimmer von Emily zu ihnen dringen könnte. Durch die leicht angelehnte Tür spähte Charlie in das spärlich beleuchtete Zimmer. Er konnte nicht viel sehen und beschloss daher, die Tür einen Spalt weiter aufzudrücken. Lautlos schob sich die Tür über den dunklen Dielenboden und keiner der Beiden schien etwas bemerkt zu haben.

In voller Größe stand Charlie in der nun relativ weit geöffneten Tür und starrte auf das große eichene Bett in dem seine Ex-Frau und sein bester Freund lagen. Wut stieg auf in ihm. Doch die Neugierde gewann schon nach wenigen Sekunden wieder die Oberhand und er schlich näher an das Bett heran. Wie als würde er eine unsichtbare Trennwand durchstoßen, konnte er etwa einen Meter vom Bett entfernt, plötzlich jedes Wort verstehen, dass die beiden miteinander sprachen…

„Was war da unten los bei Julien, Bella?" Phil hatte es in besorgtem Tonfall geflüstert und er krauste in diesem Augenblick die Stirn, dessen war sich Charlie sicher, auch wenn er Phils Gesicht im Dunkel des Schlafzimmers nicht erkennen konnte. „Er sagte, ihm sei etwas heruntergefallen oder so was… hat sich entschuldigt und uns eine Gute Nacht gewünscht... Nichts Besonderes, es war nur so laut und irgendwie kalt da unten, fand ich..." „Hmm" Charlie hätte schwören können, dass Phil nun nickte, nachdenklich und in Gedanken versunken. „Ist es nicht seltsam, wie sich Julien in letzter Zeit verhält, seit... Er ist irgendwie anders, findest du nicht?" „Phil, ich kenne ihn nicht so gut und so lange wie du, deswegen... nein, ich finde nicht, dass er anders ist, was meinst du mit *anders*?" Bella lag, das erkannte Charlie am Schatten, den ihr schöner Körper warf, auf der Seite und auf ihren Unterarm gestützt, Charlie den Rücken zugewandt.

Plötzlich durchbrach ein gleißend helles Licht den Raum von rechts nach links. Ein Auto mit Fernscheinwerfern musste vorbeigefahren sein und während der Raum in weißes Licht getaucht war, hatte Charlie eine solche Angst entdeckt zu werden, dass er blind nach rechts hinter einen Schrank hechtete und sich dabei fürchterlich den Kopf stieß. Das laute Geräusch eines umfallenden Hockers, Charlie hatte ihn bei seinem völlig sinnlosen Versuch sich zu verstecken mit umgerissen, schreckte das Paar im Bett auf: Bella drehte sich ruckartig herum und sah die Tür zum, Flur weit aufstehen. „Was war das?", fragte sie, stieg aus dem Bett und Charlie konnte einen Blick auf ihre schönen, langen Beine werfen. Sie ging zur Tür und spähte in den dunklen Flur. Sie war Charlie so nah, dass er ihr Parfüm riechen konnte und sie erinnerte sich blitzartig an das Gefühl eines Kusses auf ihren Lippen und dachte an Charlie. „Komisch...", murmelte sie und schloss leise die Tür.

„War bestimmt nur ein Luftzug Schatz!", sagte Phil leise und beruhigend. Er wollte in der ohnehin schon seltsamen Situation, die die Beiden in den letzten Tagen umfing, nicht noch mehr Aufregung erzeugen. „Komm wieder ins Bett..." „Ja...", entfuhr es Bella tonlos. Sie stellte den Hocker wieder auf und hätte Charlie sein rechtes Bein nicht schnell weggezogen, wäre sie womöglich darüber gestolpert. „Was war denn heute nur los mit dir?", flüsterte sie eindringlich, als sie zurück ins Bett stieg und sich die Bettdecke bis zum Hals über ihren Körper warf. Nachdem das Rascheln der Federdecke verklungen war und Phil sich geräuspert hatte, antwortete er sehr langsam und bedächtig:

„Ich weiß es wirklich nicht Bella, ich kann mich an nichts erinnern. Seitdem ich bei Charlie…" Doch Bella unterbrach ihn: „Ach fang doch nicht schon wieder mit Charlie an!" Sie wirkte erbost. Ganz so als war sie sich sicher, dass seltsame Dinge geschehen würden, wenn sie wieder und wieder über ihren toten Ex-Mann sprechen würden. „Ich muss über ihn sprechen! Er war mein Freund, mein bester…" „Phil!" Bella unterbrach ihn abermals, diesmal mit einer Schärfe in der Stimme, die Charlie nur zu gut kannte. Das letzte Mal hatte er sie gehört, nachdem er Bella geohrfeigt hatte und sie im Anschluss an den Streit mit ihm aus ihrem gemeinsamen Haus ausgezogen war.

„DU HAST IHN UMGEBRACHT!"

Charlie konnte nicht atmen. Ein riesiger Kloß in seiner Brust verbot es ihm. Er konnte nicht atmen. Dieser Reflex, der das ganze Leben funktioniert, ohne dass man über ihn nachdenken muss, wollte nicht mehr. Charlie hustete. Er fühlte eine tiefe Beklemmung und Angst. Dass er gar nicht atmen musste in seiner gegenwärtigen Situation hatte er vergessen, es war vielmehr ein Gefühl, eine weitreichende seelische Pein. Eine Qual, gepaart mit Enttäuschung, die er noch nie zuvor empfunden hatte. Wahrscheinlich war es angst. Doch sie wirkte viel tiefer, an der Wurzel seines Seins, am Keim der Pflanze, die sein Leben dargestellt hatte. Viel intensiver, wie ein Drahtseilakt vor kreischendem Publikum und der Gewissheit, dass dort unten kein Netz sein würde, das einen auffängt, würde man fallen. Und man würde fallen und es wissen. Die Menge würde es wollen…

Alles ergab nun nur noch wenig Sinn. War er denn wirklich ein so schlechter Mensch gewesen, dass sein bester Freund ihn hinterrücks ermorden konnte? Dass er es wollte? Dass er sich danach seine Ex-Frau und sein Kind nehmen würde? Im Gedankenstrudel versunken, rutsche Charlie an der Wand herab und ließ sich mit leerem Blick auf den kalten Holzdielen nieder, unfähig jegliches Geräusch aus dem Haus zuzuordnen, geschweige denn darauf zu reagieren. Im Zimmer wurde wieder gesprochen aber es klang nur wie das Geräusch einer Tuba, die hinter einer massiven Wand gespielt wird. Der Ton war da, es fehlte nur der Inhalt, der Gehalt, die Note, der Sinn dahinter.

Während Charlie so dasaß, an der kalten Steinmauer und in sich zusammengesunken, wie ein Häufchen Elend, konnte er natürlich nicht hören, das Phil und Bella weitergesprochen hatten. Er war so fixiert auf das Leid, dass er gerade empfand, dass alles andere um ihn herum in weißes Rauschen aufging. Phil hatte bestürzt reagiert, als Bella ihm ihren Vorwurf laut an den Kopf geworfen hatte. „Nein, Nein! So war das nicht! Ich hatte nie die Absicht, ihn umzubringen.... Wir waren da in diesem Park und ich wollte mit ihm reden..." „Worüber wolltest du mit ihm reden Phil und wieso hast du mir das eigentlich noch gar nicht erzählt?" Bella hatte sich nun ganz aufgesetzt und starrte Phil an, dieser runzelte die Stirn: „Ich wollte mit ihm sprechen... über dich...über Bella, über das alles..." Er machte eine rudernde Armbewegung, um seine Aussage zu unterstreichen. „Niemals hatte ich im Sinn, dass ihm irgendetwas passiert..." „Du hast das polizeiliche Gutachten zu seiner Dienstfähigkeit anfertigen lassen..." „Ja das habe ich, aber wir hatten das besprochen..." Es wäre besser gewesen für ihn, eine Zeitlang keinen Dienst zu tun. Er hatte sich verloren..." „Phil um Gottes willen! Wie war das Treffen mit ihm?" Bella wurde ungeduldig.

Phil atmete tief durch und begann zu sprechen. Leise und kaum hörbar erzählte er, was in dieser Nacht passiert war. „Ich hatte ihn angerufen, ich wollte reden. Ich fand, dass es an der Zeit war ihm zu sagen, was mit uns beiden ist, Bella, er musste es wissen, immerhin war ich sein bester Freund. Ich fragte ihn, ob wir uns im Park treffen könnten, er sagte, er würde diesen Ort nicht mögen und ob es nicht auch ein Café oder eine Bar täte. Mir war es aber wichtig, dass es ein Ort war, den er nicht mochte...." Bella unterbrach ihn: „Warum denn das? Sollte diese schlechte Nachricht für ihn auch noch mit einem schlechten Ort zusammenhängen?" Was hast du dir nur..." „Ja!", sagte Phil, „Genau so sollte es sein. Ich wollte nicht, dass er in Zukunft einen Ort, den er mag, mit einer solchen Nachricht verbindet. Es wäre einfacher für ihn gewesen, wenn das Ganze an einem Ort stattfindet, den er schon von vornherein nicht gut leiden kann, das hilft bei der Einordnung... bei der Verarbeitung..."

„Als wir uns trafen, begann es zu schneien, es war kalt, kälter als gewöhnlich. Ich glaube ich habe gezittert wie Espenlaub. Er war ganz ruhig, er freute sich mich zu sehen...:" Phil begann zu schluchzen. „Er fragte mich mit einem Lächeln, was es gäbe und hat mich umarmt. Ich sagte ihm, es geht um dich, um Emmy, um das alles hier..." Wieder machte er diese rudernde Armbewegung. „War er überrascht?", fragte

Bella und zog die Decke etwas höher, ihre Füße wurden entblößt. „Ja, das war er. Er wollte wissen, was ich meine und ob ich von dir etwas Neues gehört hätte… Ich sagte, ja das habe ich tatsächlich Charlie und wurde ernst. Ihm entging das nicht und er legte seinen Arm auf meine Schulter und spürte meine Befangenheit in diesem Augenblick…" Bella nickte. „Ja, das sieht ihm ähnlich, er hat oft sofort gespürt, wenn etwas in der Luft lag, er hatte einen guten Riecher für sowas…"

Unten im Haus rumpelte etwas. Bella schaute kurz zur Tür und wollte hören, ob ihre Tochter womöglich weinte, doch nach einem Wimpernschlag war es wieder still und Phil fuhr fort: „Es war mir wichtig, mit ihm zu sprechen, um unserer Freundschafts willen… ich sagte ihm also, dass ich ihn wohl hätte fragen sollen im Vorhinein, dazu den Mut aber nicht gefunden hätte…" „Was hättest du ihn fragen wollen?", warf Bella ein, gespannt an Phils Lippen hängend und jedes Wort aufsaugend, dass aus seinem Mund kam.

„Ihn fragen wegen dir! Ob er etwas dagegen habe, ob es ihm etwas ausmachen würde, wenn ich mit seiner Ex-Frau zusammen sein würde." „Ja…", sagte Bella tonlos, wissbegierig ob Charlies Antwort. „Was hat er gesagt, wie hat er reagiert?" „Er hat gelacht."

„Er hat was?" Bella schaute Phil ungläubig an. „Gelacht!", nickte Phil und schaute ins Leere. „Er sagte, er habe damit gerechnet und er wisse nun nicht, wie er sich verhalten solle. Ich dachte mir, dass ich diese Chance nutzen müsste und erzählte ihm von unseren Plänen, dass du zurückziehst in unsere Stadt, dass Emily mit dir kommt, dass er sie öfter sehen könne, dass ich hoffe, unsere Freundschaft würde das überleben…"
„Charlie war schon immer so… Wenn er nicht wusste, was er fühlen sollte, dann lachte er, eine schreckliche und ätzende Angewohnheit!" Bellas Stimme war lauter geworden und sie triefte vor Abscheu in diesem Moment. „Du sprichst immer so schlecht von ihm! Ständig.

Immer!" „Phil er hat mir Jahre meines Lebens geraubt! Er war Emmy kein guter Vater, immer musste ich für alles geradestehen, wenn die Kleine traurig war, weil ihr Vater wieder und wieder und Abend für Abend sein Versprechen brach, ihr eine Gute-Nacht-Geschichte vorzulesen! Ich habe verdammt nochmal das Recht, schlecht von ihm zu reden… Nichts ist geblieben von der Liebe, die da einst war… Nichts!"

Phil schluckte, denn so kannte er Bella nicht. Ihm wurde klar, dass er keine Ahnung von ihrer Gefühlswelt hatte und schwieg. Nach etwa einer Minute hatte Bella sich wieder beruhigt und fragte leise: „Wie ging es weiter?"

„Er wurde wütend! Er wollte nicht mehr mit mir sprechen. Ich habe ihn angefleht zu bleiben, ich sagte ihm, es muss doch gehen, dass unsere Freundschaft das übersteht und dass ich nichts kann für meine Gefühle…" Phil seufzte. Er schien traurig zu sein. „Charlie wollte gehen, ich hielt ihn am Arm fest, doch es riss sich los und fragte mich, warum in alles in der Welt, ich ihm das antun würde. Er war so wütend Bella, ich konnte ihn nicht besänftigen."

Bella schwieg und lauschte. „Nichts in der Welt hätte ich lieber getan, als ihn zum Bleiben zu bewegen, aber es half nichts. Er hörte mir nicht mehr zu. Er war stur und dickköpfig und brüllte mich an, ich solle ihn in Ruhe lassen. Es war einfach nicht möglich. Ich war so traurig…"

Charlie war sich währenddessen im Klaren darüber, wie er das eben Gehörte einzuordnen hatte. Phil hatte ihm seine große Liebe weggenommen und um es leichter zu haben, hatte er Charlie aus dem Weg geräumt. Er war geschockt von dieser Kaltblütigkeit, die er bei seinem über viele Jahre hinweg besten Freund nie vermutet hätte. Hätte ihm jemand erzählt, dass ihn dieser Mann, den er zeitweise aufgrund seiner Loyalität und der Fürsorge, der Verlässlichkeit oder des „Einfach-Da-Seins" vergöttert hatte, um sein Leben bringen würde, er hätte laut gelacht und sich nicht mehr eingekriegt bei so viel Fantasie und Erfindungsreichtum oder, wenn man so wollte, Hirngespinsten.

Charlie erhob sich von dem kalten Fußboden und beschloss seine Suche zu beenden. Er hatte nun seine Antwort. SO unbefriedigend sie auch war. Es fiel ihm weiterhin schwer zu akzeptieren, was Phil gesagt hatte. Er wollte es weiterhin nicht wahrhaben. Es konnte ja auch im Grunde nicht sein. Aber auf diese Art und Weise über die Geschehnisse nachzudenken, brachte ihn nicht weiter. Was nun egal war, denn jetzt brauchte er nicht mehr weiterzukommen. Sein Fall war gelöst und wenn er ehrlich zu sich selbst war, wollte er gar nicht so genau wissen, woher die Verletzungen an seinem Körper stammten. Es fühlte sich an, wie bei einem Horrorfilm, bei dem man ahnt, dass der Mörder gleich das Messer durch die Kehle seines Opfers ziehen würde aber nicht hinsieht, weil sich zuviel Grauen hinter dieser Handlung verbirgt. Charlie seufzte. Dann ging er in Richtung des Zimmers am Ende des Ganges. Er wollte sich von seiner Tochter verabschieden und dann in den Park gehen und dort auf den Fährmann warten. Der Fußboden knarrte leise unter seinen Sohlen als er den Flur entlangschlich. Aus dem Zimmer, in dem Phil und Bella nun wahrscheinlich schon schliefen, hörte Charlie keine Stimmen mehr, nur ruhiges, tiefes Atmen.

Die Tür zum Kinderzimmer von Emily war nur angelehnt, wahrscheinlich, damit Bella hören konnte, wenn sie weinte, wegen eines schlechten Traumes. In den letzten Tagen hatte sie eine Menge zu verarbeiten gehabt, so dass die Wahrscheinlichkeit, schlecht zu träumen womöglich gar nicht so gering war in diesen Tagen. Charlie lächelte. Er freute sich gleich seine Tochter zu sehen. Behutsam schob er die Tür auf und da der Raum mit wolligem Teppich ausgelegt war, konnte niemand hören, dass die Tür sich bewegte. Kein Laut war zu vernehmen.

Da lag sie nun. Ihren Stoffhasen fest an sich gepresst und mit unbeweglichem Gesichtsausdruck. Sie lag auf der Seite, beide Beine übereinander gelegt, das Gesicht zur Tür gedreht. Ihr blondes Haar fiel leicht über ihre Schultern und sammelte sich in kleinen Löckchen auf der Matratze neben ihrem Kopf. Die Bettdecke war etwas heruntergerutscht, sodass man ihren blumigen Schlafanzug erkennen konnte. Sie wirkte sehr friedlich und ruhig. Sie schien gut zu schlafen.

Charlies Herz machte einen Hüpfer, wenn man das denn so sagen konnte und er schlich näher an ihr Bettchen heran. Seichtes Licht fiel von draußen in das Zimmer. Das Fenster des Raumes war nicht zur Straße, sondern zum Garten hin ausgerichtet und dort schien nicht das kalte Licht der Straßenlaternen herein. Vielmehr war es ein sanfter hellblauer Schimmer, vielleicht ein Lichtreflex des Teiches im hinteren Teil des Gartens, vielleicht aber auch eine Einbildung, da man sich in einem Bereich fernab vom Trubel der Außenwelt, in diesem Fall dem Garten, behaglicher fühlt, als draußen *vor* der Tür.

Im Garten war alles ruhig. Ein paar Apfelbäume, kahl und ohne Früchte wankten leicht im schwachen Wind, ein Käuzchen schrie in großer Entfernung. Charlie betrachtete seine Tochter. Sie hatte kurz die Nase gerümpft, als wenn sie im Traum einen seltsamen Geruch vernommen hatte. Er hielt die Luft an, er wollte sie nicht wecken. Nach einer gefühlten Ewigkeit entspannten sich die Züge seiner Tochter wieder und Charlie trat näher zu ihr. Mit größter Sorgfalt setzte er sich leide und langsam auf den Ankleidestuhl, der neben ihrem Kopfende stand, erst dann atmete er aus.

Er streckte seine Hand aus und berührte ihren Kopf mit dem weichen, blonden Haar. Es fühlte sich so zart an. Er hätte weinen können vor Glückseligkeit. Selten hatte er solch eine Nähe, solch eine Verbundenheit gefühlt. Selten war er seiner Tochter so nah gewesen. Charlie atmete tief ein. Als seine Finger die Haare seiner Tochter berührt hatten, war es gewesen, als schüttele man eine Glockenblume, die voll und voll mit Blütenstaub bedeckt ist. Ähnlich wie die Blütenstaubwolke breitete sich der wundervolle Duft seiner Tochter aus und trieb Charlie Tränen in die Augen.

„Hallo kleines Mädchen...", flüsterte er und streichelte ihr weiches Haar. „Dein Papa ist da! Ich hoffe du schläfst gut und bemerkst mich doch irgendwie...ja...das hoffe ich... Emmy... du..." Charlie konnte nicht weitersprechen und musste schlucken, er wollte seiner Tochter so viel sagen, aber er konnte die richtigen Worte nicht finden. In seinem Hals hatte sich ein riesiger Knoten gebildet und eine Träne rann ihm über das Gesicht...

„Emmy, du bist das Größte für mich gewesen. Die Zeit, die ich mit dir verbringen durfte, war die schönste meines Lebens und ich kann nicht aufhören, deine Mutter zu lieben, denn sie hat mir dich geschenkt..." Er seufzte und setzte flüsternd hinzu: „Du bist mein größtes Geschenk..." Als hätte das Mädchen hören können was er sagte, suchte er in ihrem Gesicht nach einer Regung, nach einem Zeichen. Doch

Emily schlief. Friedlich. Sanft. Nichts schien sie zu bekümmern, nichts schien ihr Sorgen zu bereiten. Das kleine Mädchen sollte unbelastet durch ihr Leben gehen, so wollte es Charlie. „Es darf nicht sein, dass dich jemand daran hindert, dass zu werden oder zu dem zu werden was du sein möchtest. In deinem Leben wird es viele Menschen geben, die mehr über dich, als mit dir sprechen, es wird viele Menschen geben, die der Meinung sind alles über dich zu wissen, die vor allem der Meinung sind, besser zu wissen, was gut für dich ist, als du selbst. Sie werden dir zunächst sagen, du seist zu jung, um Dinge selbst zu entscheiden, später werden sie dir sagen, sie seien älter und somit erfahrener und wüssten wovon sie sprechen..." Er hielt inne und schaute erneut aus dem Fenster. „Niemals darfst du dich missbrauchen lassen für das Vergnügen von anderen, bitte... niemals darfst du nur ein Instrument der anderen werden und nach ihrer Musik tanzen, du musst selber singen Emmy..."

Beim letzten Wort: „Emmy" hatte Charlie zu schluchzen begonnen und für etwa fünf Minuten konnte er sich nicht beruhigen. Ihm kam es so vor, als stünde er am Grab eines alten Freundes, der ihm unendlich viel bedeutet hatte, den er sein ganzes Leben begleitet hatte und von dem er nun Abschied nehmen musste. Dabei war er es selbst der nur eine Handbreit von seinem Tod entfernt war. Im Grunde hatte er diesen Zustand ja bereits erreicht, doch die Umstände seiner Anwesenheit hier bei seiner Tochter, im Haus seines besten Freundes, nur ein paar Meter von seiner Ex-Frau entfernt und des Fährmanns Atem im Nacken spürend, ließen die Grenzen seiner Wahrnehmung, seiner Gefühlswelt verschwimmen.

Nie mehr, so war ihm klar, würde er ihre Stimme hören können, nie mehr würde er ihre Hand halten können, wenn sie weinte. Niemals wieder würde er sie trösten können und der Vater für sie sein können, der er immer hatte sein wollen. „Aber das habe ich ja sonst auch nicht hinbekommen…" Der Schmerz, die Dinge, die man im Leben versäumt hat, nicht mehr rückgängig machen zu können füllte ihn ganz aus und er war so wütend auf sich selbst, dass er seinem Leben ein Ende gesetzt hätte, wenn er es doch nur gekonnt hätte und ihm nicht jemand zuvor gekommen wäre. Dass dies letztendlich Phil gewesen war, kümmerte ihn jetzt nicht mehr. Er hatte alles getan, was er konnte. Für eine ganze Weile saß er einfach nur so da.

Charlie seufzte und wischte sich mit dem Handrücken die Tränen von den Wangen. Sanft streckte er seine Hand aus, die Zeit schien still zu stehen in diesem intimen Augenblick der Zweisamkeit. Er berührte ihr blondes, weiches Haar und spürte darunter die Wärme ihres Kopfes. Das Blut, das in ihren Adern pulsierte, die ungeheure Lebenskraft die von ihr ausging. Er sog sie in sich auf und fühlte Glück, fühlte Zufriedenheit, fühlte Gelassenheit. Er hatte getan was er konnte.

Charlie gab seiner Tochter einen innigen aber sanften Kuss auf die Stirn, das Mädchen runzelte im Schlaf die Stirn, schlief aber ruhig weiter und Charlie erhob sich langsam. Mit einem letzten Blick auf sein kleines Mädchen, verabschiedete er sich stumm und verließ den Raum.

Anders als Charlie gedacht hatte, war weder Phil noch Bella eingeschlafen, nachdem Bella ihm an den Kopf geworfen hatte, er habe Charlie umgebracht. Nach einer kurzen, scharfen Diskussion, in der Phil Bella immer wieder versucht hatte zu erklären, dass er wirklich keine Erinnerungen an diese Nacht habe, dass er unmöglich etwas damit zu tun haben könne, dass da mehr dahinter stecke, dass er es nicht wisse, hatten die beiden sich still nebeneinander auf den Rücken gelegt und geschwiegen.

Es war wie eine stille Übereinkunft, nun nicht mehr darüber zu sprechen. Nach einer Weile war Bella dann wirklich ein wenig eingedöst, innerlich immer noch mit sich und der Situation, mit Schuldgefühlen und immer noch romantischen Gefühlen kämpfend. Phil hatte weiterhin wach dagelegen und sich krampfhaft zu erinnern versucht. An den Abend, an das Treffen mit Charlie, an alles was danach geschehen war. Er kam nicht weiter.

Nach einer ganzen Weile, es mochten einige Stunden vergangen sein, seit der Schemel an der Tür umgefallen war und Bella ihn angeschrien hatte, beschloss er in die Küche zu gehen, um sich ein Glas Wasser zu holen. Als er sich leise aufgesetzt hatte, kam ihm dabei der Gedanke, dass er dann auch gleich nachsehen konnte, ob das Feuer im Kamin gut und sicher heruntergebrannt war.

Phil stützte sich mit den Händen an der Bettkante ab und wollte aufstehen, als die Schlafzimmertür, die nur angelehnt und somit einen kleinen Spalt offen war mit seltener Heftigkeit aufgestoßen wurde und laut gegen die daneben liegende Wand schlug. Sofort saß Bella kerzengerade im Bett und Phil war vor lauter Schreck wieder zurück auf das Bett gefallen. Julien stand in der Tür, schwer atmend und quer durch das Zimmer nach Alkohol stinkend.

„Was zum Teu...", wollte Bella sagen, aber Julien unterbrach sie mit einer Art gebrülltem Geflüster: „Sprich es nicht aus, nicht jetzt, nichts dieses Wort, uns blüht einiges, einiges. Jetzt kommt alles raus, jetzt muss alles rauskommen,

ICH HALTE DAS ALLES NICHT MEHR AUS!"

Den letzten Satz hatte er gebrüllt. Fern, den Gang hinter im Kinderzimmer, vernahm Bella das Weinen eines Kindes und hatte für Julien nur einen Blick übrig, der irgendwie eine Mischung aus Mitleid, Wut und Geringschätzigkeit enthielt. Dann stand sie auf und ging rasch aus dem Zimmer, um nach Emily zu sehen.

„Was ist los Julien?", fragte Phil seinen Butler und starrte ihn durch die schummrige Dunkelheit des Zimmers hindurch an. „Was los ist? Was los ist? Ohhhh, ich sage dir was los ist..." Julien schien völlig von der Rolle zu sein. Immer wieder sah er sich hektisch um oder kratzte

sich im Nacken oder am Hinterkopf. Er machte einen sehr kränklichen Eindruck. Er machte einen verrückten Eindruck und der Alkohol schien sein Übriges getan zu haben. „Julien bitte nicht so laut, du weckst Emily! Setz dich und dann erkläre mir doch ruhig, was dich so aufbringt..." Zu Phils Überraschung gehorchte Julien und setzte sich auf den Schemel.
„Also! Was ist los Julien?" Phil hatte betont ruhig gesprochen, um den völlig entnervten Julien nicht noch mehr aufzuregen. Bella betrat den Raum, nickte Phil kurz zum Zeichen, dass mit Emily alles in Ordnung war zu und setzte sich zu diesem auf die Bettkante, in sicherem Abstand zu ihrem Butler.

„Er ist hier!", brachte Julien gequält hinaus.

„Wer ist hier?", sagten Phil und Bella wie aus einem Mund, hochgradig verwirrt, ob der Umstände dieses Gespräches. „Charlie ist hier...", flüsterte Julien und seine Augäpfel drehten sich in seinem Kopf nach oben. Bella klappte der Mund auf und ihr fiel die Kinnlade auf die Brust,

Phil runzelte die Stirn, zweifelnd, ängstlich. Beide sagten nichts, was sollten sie auch sagen, bei so einer irrwitzigen Äußerung, bei, so hätte es Bella wohl ausgedrückt, ‚so viel Scheiße auf einem Haufen'? „Er ist hier und ich habe ihm alles erzählt. Ich weiß alles und er weiß es nun auch. Du bist am Arsch Phil, ganz gewaltig am Arsch! Ich…" Doch Bella unterbrach ihn: „Was redest du denn da für einen ausgemachten Blödsinn? Charlie ist tot, wir waren bei seiner Beerdigung und haben den Sarg gesehen, er ist tot. Es ist vorbei!" Phil nickte leicht, wohl zu Zeichen, dass er es in etwa genauso sehe wie Bella. Doch Julien schüttelte den Kopf und zischte abfällig. Sein Oberkörper pendelte vor und zurück, wie man es von psychisch kranken Menschen kennt, die in eine Zwangsjacke gepresst dasitzen und darauf warten, dass ihrem Hirntod der Tod ihres Körpers nachfolgt.

„Nein…" Julien lachte laut auf, „Charlie ist nicht tot. Er ist so lebendig wie ihr und ich, er hat nur keinen Körper mehr. Ihr könnt ihn nicht sehen, er euch aber wohl schon… Womöglich ist er gerade hier im Zimmer, womöglich hört er uns zu?" Panisch sah er sich um und Phil und Bella taten es ihm gleich. Schließlich wusste jedoch Phil als Erster nichts mit diesen, wie er glaubte, Märchen, anzufangen und fragte: „Wie kommst du auf so einen Blödsinn? Ich bin Polizist! Ich habe wirklich schon einiges erlebt! Ich habe Charlies völlig entstellte Leiche gesehen! Ich war dabei als er gestorben ist..."

Stille trat ein. Schlagartig erinnerten sich Phil und Bella an die vielen Dinge, die geschehen waren seitdem Charlie tot war. Irgendwie waren diese Erinnerungen, diese Erfahrungen nicht mehr greifbar gewesen in den letzten Stunden, so als wären sie verdrängt worden von wichtigeren Eindrücken, überlagert und in die Untiefen des Gehirns verbannt.

Phil erinnerte sich an die Ohrfeige im Park, die aus dem Nichts gekommen zu sein schien. An die Trauer und das Gefühl, dass dort jemand mit ihm sprach. An eine Geschichte von Greg, der sich wegen psychischer Leiden hatte krankmelden müssen, an das Verschwinden der Fallakte von Charlie aus dessen Büro und an den Vorfall in Charlies altem Haus mit Bella.

Bella hingegen hatte nicht so weit verzweigte Gedanken. Sie dachte eigentlich an nur zwei Dinge, die geschehen waren. Zum einen dachte sie an Phil, wie er geifernd und schreiend an Charlies Grab gelegen hatte, völlig wahnsinnig und entrückt. Zum anderen dachte sie an den Kuss, den sie in ihrem und Charlies alten Haus erhalten hatte. Aus dem Nichts. Bei dem sie instinktiv gewusst hatte, dass er von Charlie kommen musste, sich aber verboten hatte, eine solche Irrsinnigkeit auch nur zu denken. Es hatte sich so echt angefühlt und allem Anschein nach, war es Echt gewesen. „Wahnsinn", entfuhr es beiden wie aus einem Mund, dann sahen sich Phil und Bella lange schweigend an...

Dann, nach einer Weile, anscheinend hatte Phil sich etwas gefangen, erinnerte er sich wieder daran, dass Julien noch mit ihm Zimmer gewesen war. Er sah zur Tür sah, dass dieser sich keinen Zentimeter vom Fleck bewegt hatte und immer noch vor und zurück wippend auf dem Schemel saß. „Julien!", sagte er laut und eindringlich. „Was weißt du? Was hast du mit der ganzen Sache zu tun?"

Julien blickte auf und Phil konnte seine rotunterlaufenen Augen sehen, tief eingegraben in dunkle Ringe, die sich wellenförmig durch sein Gesicht zogen. Er setzte an, um etwas zu sagen, doch kein Laut kam aus seinem Mund. Er schluckte. Wiederum setzte er an, jedoch nur, um wieder abzubrechen. Ganz leise zischte er heraus: „Ich sage dir dazu nichts. Ich schäme mich. Ich bin es nicht wert... Ich werde mich jetzt hinlegen und versuchen zu schlafen..." Er erhob sich und wandte sich in Richtung Tür. „Phil, es war ein Fehler zu euch zu kommen... Bitte vergiss, was ich gesagt habe, es war ein Fehler!" Phil war schon wieder in Gedanken versunken und einem tiefen inneren Antrieb folgend sagte er langsam: „Ich werde in den Park gehen müssen, ich glaube... dort finde ich... eine Antwort."

Julien sah ihn entsetzt an, wie ein Kind, dem der Schulrektor erzählt, er müsse mit seinen Eltern über sein ungebührliches Verhalten sprechen und der nun Angst vor den Konsequenzen zu Hause hat, die ein solches Gespräch nach sich ziehen würde. Panisch sagte er, flehte er: „Nein! Das darfst du nicht tun. Du begibst dich in Gefahr, vertraue mir Phil!"…

Phil machte ein abfälliges Geräusch. „Wie sollte ich dir nach so einer Aktion wie dieser jetzt gerade noch einfach so vertrauen können. Du tust alles dafür, dass man dir nicht vertraut Julien! Du hast mich enttäuscht! Und wenn du mir nicht sagen willst, was ich wissen will…" „…was wir wissen müssen…", setzte Bella hinzu und Phil nickte kurz, „dann muss ich es selbst herausfinden…" Still und ohne ein weiteres Wort zu sagen, den Ausdruck in seinen Augen hinter tiefer Trauer verborgen, drehte sich Julien auf dem Absatz um und verließ das Zimmer.

Phil stand abrupt auf und begann sich anzuziehen. Bella sah ihm dabei zu und sagte nichts.

Es herrschte ein Einverständnis zwischen den Beiden, die sie wissen ließ, was der andere dachte. Bella war klar, dass Phil dies alleine machen musste und sie ließ es zu. Sie stand ebenfalls auf und ging auf ihn zu, als er sich gerade ungelenk und auf einem Bein hüpfend einen Socken anzog und küsste ihn auf die Wange. „Bitte pass auf dich auf mein Schatz!" Phil blickte sie an und lächelte. So etwas hatte sie vorher noch nie zu ihm gesagt und für einen kurzen Moment durchströmten Wärme und Glück seinen Körper. Er liebte sie. Abgöttisch. „Bleib nicht wach, warte nicht..." sagte er, als er nachdem er sich angezogen hatte, den Raum verließ. Bella legte sich wieder ins Bett. Doch schlafen konnte sie in dieser Nacht nicht wieder...

Der Fährmann hatte sich bald nachdem er von Julien Besitz ergriffen und mit Charlie gesprochen hatte geärgert, dass er wieder nachgegeben hatte. Er hatte beschlossen, dies fortan nicht mehr zu tun und im Park, wie vereinbart, auf Charlie zu warten. Nur einmal zuvor hatte er sich überhaupt so sehr mit einem Menschen befasst und war auf ihn eingegangen, hatte ihn nicht einfach mitgenommen und seinen Auftrag ausgeführt.

Weshalb bei Charlie alles ein wenig anders verlief, als bei allen anderen Menschen hatte einen besonderen Grund. Charlie war besonders. Er war für den Fährmann von besonderem Interesse. Vor etwas mehr als dreißig Jahren hatte er das herausgefunden und konnte seitdem nicht mehr loslassen.

Er wollte ihn nun kommen lassen. Wollte ihm entgegen kommen, denn Charlie hatte sich mit einer Vehemenz für sein Anliegen ausgesprochen und sich als geistig und seelisch ebenbürtig erwiesen, dass die Faszination dem Auftrag überwog. Der Fährmann entdeckte eine fast menschliche Seite in sich und wollte Charlie noch etwas Zeit geben in Ruhe von dieser Welt zu scheiden. In Frieden und Zufriedenheit. Und dazu gehörte eben auch, ihn sich von seiner Tochter verabschieden zu lassen. Da der

Fährmann Charlie auch in Zukunft brauchen würde war Vertrauen sehr wichtig, das wusste er. Somit wusste er auch, dass Charlie es ihm hoch anrechnen würde, was er für ihn getan hatte. So abwegig und pervers dieser Gedanke auch zu sein schien:

Charlie würde ihm dankbar sein. Charlie würde es verstehen. Dessen war er sich sicher...

KINDERLEICHT

In den letzten 3000 Jahren wurden dem Fährmann sehr viele Namen gegeben. Stets waren es die Menschen gewesen, die ja ohnehin alles und jedem einen Namen geben müssen. Was sie nicht kennen macht ihnen Angst. So war es schon immer. Wenn die Dinge jedoch einen Namen haben, können die Menschen wenigstens so tun, als würden sie es kennen.

Die alten Griechen nannten ihn *Charon*, als er seine Arbeit aufnahm und die Toten gegen einen *Obolus*, eine geringe Bezahlung, damals waren es *Drachmen* gewesen, über den *Acheron* ins Totenreich des Hades fuhr. Manchmal hatten sie diesen *Acheron*, diesen tiefdunklen Fluss, hinüber ins das Reich der Schatten auch *Styx* genannt, mit Medusas Tempel an den Ufern des Hades. Woher sie wussten, dass er überhaupt existierte, war ihm lange nicht klar gewesen, denn im Normalfall waren seine Fahrgäste tot und konnten niemandem mehr erzählen, was sie gesehen hatten, bevor sie in die Unendlichkeit eintauchten. Die Etrusker, eine sehr altes Volk im späteren Italien, hatten ihre eigene Vorstellung von ihm. Bei ihnen hieß der Fährmann *Charun* und dazu hatten sie sich ein widerwärtiges und gleichzeitig völlig abstruses Bild von ihm gemacht. In ihrer Vorstellung war er halb Mensch, halb Tier gewesen und mit einem riesenhaften Hammer bewaffnet gewesen, ein dunkler Dämon auf todbringender Mission. Dass er stets nur Diener war, vergaßen viele und das Ausführen seiner Befehle zwang ihn oft in unangenehme Situationen und, hier war er ehrlich zu sich selbst, es war unzählige Male vorgekommen, dass er die Menschen, die er in den Tod geleiten sollte, lieber hätte leben lassen. Mit der Zeit, als die Menschen immer weniger an solchen mythologischen Unsinn glaubten, verblassten auch die Umstände seiner Arbeit. Keine Bootsfahrten mehr, nur noch das fabrikmäßige, vorgefertigte Begutachten und später Abholen der Toten…

Erinnern, wie er in diese Position gekommen war, konnte er sich nicht wirklich. Dunkle, schemenhafte Bilder durchzuckten hin und wieder seine Gedanken und erhellten sein Gemüt, denn im Grunde drehte sich in seinem Kopf alles nur um seine Arbeit, den Tod. Das war auf Dauer wenig befriedigend und daher stellten diese Gedankenspiele eine willkommene Abwechslung dar. Er musste noch sehr klein gewesen sein. Da waren rote Augen in einem kleinen, von Lehmwänden umgebenen Raum und das Meer. Ein Mann mit dunkler Kutte, so wie er eine trug und einem Boot aus Schilf. Ein dunkles Ufer und ein Traum im Traum. Jemand der ihm auftrug, stets das Ziel im Sinn zu haben, stets die Aufgaben zu erfüllen, nie bestechlich zu sein und immer einen fairen Lohn einzufordern. Alles andere hatte er vergessen und er war müde. Ein winziger Teil seiner ehemals menschlichen Seele war nach den tausenden von Jahren auch heute immer noch vorhanden und diese uralte Seele war schwer gebeutelt, vom Hass, von der Angst, von der Trauer unendlich vieler Generationen…

Da der Fährmann stets einem höheren Ziel diente, war es ihm gewiss, nie die volle Verachtung der Menschen zu spüren, denn ihr Glaube hatte ihnen eingebrannt, dass das Sterben eben notwendig sei. Wenn sie also jemand auf dieser für sie schmerzvollen Reise und neuen Erfahrung begleitete und sie abholte, waren sie meistens sogar dankbar gewesen. Doch das Bild der Menschen hatte sich mit der Zeit verändert. Sie glaubten weniger und wurden kühn. Kühn gegen ihre Sünden und kühn vor allem gegen Gott. Sandte dieser vor Urzeiten noch Krankheiten und Fluten gegen die Gottlosen, so unterließ er dies in der jüngeren Vergangenheit. Warum genau, wusste der Fährmann nicht und es stand ihm auch nicht zu über seinen Herren zu urteilen. Er vermutete jedoch, dass es die pure Neugierde war. Nicht mehr und nicht weniger. Zuzusehen, wie die Menschen ohne sein Wirken den Faden verlören, wie sie sich selbst immer mehr fremd wurden, schien ihn mit großer Zufriedenheit zu erfüllen, zeigte es doch, dass er nach all der Zeit auch jetzt noch von Nöten war. Er war nicht, wie viele Menschen es behaupteten, tot oder nicht existent. Er war da. Und er sah dem Unheil zu.

Diese Haltung brachte den Fährmann oft in missliche Lagen. Er musste selbst entscheiden, wann er welche Menschen zu sich holte und die Zeitspannen wurden immer größer. Die Menschen wurden älter, jedoch auch deutlich zahlreicher, sodass sich hier eine gewisse Balance ergab...

Selten waren die Menschen einverstanden gewesen, wenn sie mitmussten. Nach einem Zwischenfall mit einem kleinen Mann, einem Mann aus Korsika, der eigentlich Franzose sein wollte, hatte der Fährmann hier seine Vorgehensweise geändert. Dieser Mann hatte über Jahre hinweg eine äußerst, der Fährmann nannte es gerne, „erfolgreiche Politik" betrieben. Den gesamten europäischen Kontinent hatte er unterjocht und versucht, in sein französisches Weltbild zu pressen. Erst zum Ende seiner Hoch-Zeit gab es Niederlagen für ihn. Als er das erste Mal von seinen politischen Gegnern auf die Insel Elba verbannt worden war, kam er zurück und regierte weitere einhundert Tage.

Wieder wollte er Europa mit Krieg überziehen, doch noch bevor sein Plan größere Ausmaße annehmen konnte, wurde er gestoppt und die Menschen entschieden sich, ihn auf eine weit, weit entfernte Insel zu bringen, damit er dort keinen weiteren Schaden anrichten könne. Machtbesessen, wie dieser korsische kleine Mann jedoch war, schien diese Maßnahme nicht auszureichen. Sankt Helena war nicht weit genug entfernt. Für diesen kleinen besessenen Mann war nichts zu weit entfernt, wenn ein Gedanke von seinem Kopf Besitz ergriffen hatte.

Als er etwa ein Jahr auf Sankt Helena in der Verbannung zugebracht hatte, waren die Vorbereitungen für seine Rückkehr schon mehr als ausgereift. Schiffe waren auf dem Weg zu ihm, Armeen waren rekrutiert, damit er in seiner Wahlheimat Frankreich erneut die Macht ergreifen konnte. Genau in diesem Moment jedoch, erschien der Fährmann bei ihm und sagte ihm, es sei Zeit. Zeit zu gehen. Zeit zu sterben.

Für den Mann brach eine Welt zusammen. Er konnte seine eigene, ihm selbst wunderbar und gerecht erscheinende Welt in sich zusammenbrechen sehen. Er wusste, als er die Wahrheit und die Echtheit des Fährmanns akzeptiert hatte, dass seine Pläne nun nicht mehr durchführbar waren, dass ihm sein letzter großer Sieg verwehrt bleiben würde, dass er als Unvollendeter in die Geschichte eingehen würde. Als er dies realisierte fing er hemmungslos und an die Schulter des Fährmanns gelehnt an zu weinen.

Dieser war völlig verdattert. Damit hatte er wahrlich nicht gerechnet. Er hatte einiges erwartet. Wut, Unverständnis, Ungläubigkeit. Nicht jedoch grenzenlose Trauer und das Eingeständnis, nun nichts mehr erreichen zu können. Und der Fährmann verstand, dass wenn man sein Leben für das Große aufgeopfert hat, sich schonungslos auf immer neue Höhenflüge begeben hat, diese tiefe Trauer Ausdruck des Rückblicks auf ein ganzes Leben ist. Er fühlte mit ihm und dieser Mensch tat ihm Leid. Wofür das alles, wenn am Ende nur der Tod wartet?

Der Fährmann nahm ihn mit sich, diesen auf seine Art großen Menschen. Doch er konnte mit ihm nicht abschließen. Lange grübelte er nach, über die Dinge, die er bei ihm gefühlt hatte, lange musste er an ihn denken und beschloss letztendlich, die Menschen genauer kennenzulernen. Damit er ihnen nicht den Lebenstraum entriss, begann der Fährmann Gott zu spielen. Er erschien den Kindern in den frühen Jahren ihres Lebens und begutachtete sie. Auf diese Weise hatte er eine Möglichkeit gefunden, ihr Potential zu erkennen und festzulegen, wann sie sterben sollten. Das machte vieles einfacher. Das machte aber auch vieles schwerer, denn bei manchen Menschen konnte oder wollte sich der Fährmann nicht entscheiden. So war es beispielsweise auch bei Charles Hemming gewesen...

Als er sich aufgemacht hatte, um den kleinen Jungen zu besuchen und darüber zu richten, an welchem Tag in der Zukunft er ihn holen würde, war ihm seltsam komisch zu Mute. Angekommen und erschienen in seinem Kinderzimmer, sah er dass der Junge friedlich schlief. Sein Atem ging gleichmäßig tief und ruhig. Nach einer ganzen Weile, die der Fährmann ihn so betrachtet hatte, schnippte er mit den Fingern, damit der Junge aufwachte, denn es war essentiell wichtig, dass der Junge wach war. So war es bei jedem Menschenkind. Es musste wach sein und die Augen geöffnet haben, damit der Fährmann in seine Seele schauen konnte. Dort war, nur für ihn sichtbar der Lebensweg des Jungen vorgezeichnet. Sein Schicksal, auf das der Fährmann im Normalfall keinen Einfluss hatte, denn die Menschen bestimmten ihr Schicksal zu einem großen Teil selbst.

Als schließlich in die großen blauen Augen des kleinen Charles blickte, konnte er nichts erkennen. Da war kein vorgezeichneter Weg. Da war Leid und Tragödie, doch der Fährmann sah auch pures Glück und ein zufriedenes Leben. Was aus dem Jungen werden würde sah er jedoch nicht. Es war, als ob ein Schleier auf seiner Seele liegen würde. Etwas, dass dem

Fährmann den Blick verwehrte. Einzelheiten waren nicht zu erkennen.

Die wachen Augen des Jungen musterten den Fährmann interessiert und ohne Angst, zunächst. Er schien trotz seines geringen Alters schon Leid gesehen zu haben und der Anblick des Fährmanns, der bei den Menschen sonst ihre tiefsten Ängste zutage fördert, schien ihm nicht sonderlich zuzusetzen. Es war verwunderlich. Langsam hob der Junge den Arm und zeigte auf den Fährmann. In der Dunkelheit des Zimmers spiegelten sich die roten Augen des unangekündigten Besuchers in den blauen des kleinen Menschen, der nun aufrecht in seinem Bettchen saß. Dunkel erinnerte sich der Fährmann an ein paar Worte, die ihm zu Beginn seines Schaffens mit auf den Weg gegeben worden waren:

„...Einer wird kommen,
der dich so sieht, wie du bist, nicht wie du
scheinst..."

Ihm war, als sei es unendlich lange her, dass er diese Worte gehört hatte und doch klangen sie laut und deutlich in seinem Kopf. Dies war also der Moment. Ein Moment der kommenden Erlösung, der Entbindung von seinen Aufgaben. Schließlich und endlich der eigene Tod, der eigene Gang über den *Styx*.

Der Fährmann war perplex und wusste nicht recht, mit der Situation umzugehen. Leise flüsterte er die ihm gesagten Worte vor sich hin und durch das klare, kalte Hallen seiner Stimme entwich jedwede Wärme aus dem kindlichen Schlafzimmer. „Da!" Der Junge sprach und sein Gast versuchte sich mit aller Macht Klarheit zu verschaffen. Er blickte tief in die Augen des Kindes und suchte nach Anhaltspunkten. Ob er sich irrte. Wann es soweit sein würde. Wieso es dieser Junge war.

Es machte ihn wahnsinnig und rasend. Der Fährmann konnte nichts sehen. Es war sinnlos. Er ging auf den Jungen zu, der ihn immer noch aus großen Kulleraugen anstarrte. Schweigend.

Langsam legte der Fährmann seinen Finger auf die Stirn des Jungen. Als sein altes, kaltes Fleisch die warme Haut des Kindes berührte, wimmerte es, denn Alter, Schmerz und Leid fühlte er in diesem Augenblick, so wie sein Peiniger. Der ungebetene Besucher schloss die Augen und konzentrierte sich. Ganz. Völlig. Tief in Charlies Seele konnte er etwas erkennen. Einen Mann, der neben ihm selbst in den Tod ging und seinen Platz einnahm. Dieser Mann musste das Kind sein und geschockt von dieser Erkenntnis, riss er sich los und hinterließ einen roten Fleck auf der Stirn des Jungen.

Der kleine Charlie begann nun zu weinen und es klag herzzerreißend in den Ohren des Fährmanns. Er konnte sich nicht festlegen, er wollte es nicht. Er gab sich Zeit, denn er brauchte sie, um nachzudenken. Er musste fort, bevor die Eltern des Jungen das Zimmer betraten, sie durften ihn nicht sehen. Es musste aussehen, als hätte der Junge geträumt. Für ihn im Rückblick, vor allem aber für seine Eltern, die durch ihr Alter bedingt, nicht jede Ungereimtheit als Traum abtun würden.

Ohne ein Geräusch verschwand der Fährmann wieder und die Wärme kroch zurück ins Zimmer, als wäre sie niemals fort gewesen. Nach einer kleinen Weile öffnete sich die Tür und Charlies Mutter steckte den Kopf ins Zimmer, um zu sehen, weshalb ihr Sohn weinte. Als sie einen Schritt näher an das Kinderbett herantrat, sah sie jedoch, dass der Kleine schon wieder friedlich eingeschlafen war, das Kuscheltier fest zwischen seinen Ärmchen. „Es war wohl nur ein Traum..", flüsterte die Mutter und schloss leise die Tür nachdem sie hinausgegangen war. Dann brachte sie ihrem Mann ein Bier…

In den Jahren, in denen Charlie heranwuchs und das Elend seines Elternhauses erlebte, war es dem Fährmann stets ein großes Verlangen, Charlie von seinem „Unglück" zu befreien. Er war überzeugt davon, dass der Junge es bei ihm besser haben würde. Je älter Charlie wurde, umso sicherer wurde der Fährmann, denn solch einen Jungen hatte er noch nie erlebt. Mochten die anderen Menschen ihn auch nicht als einen besonderen ihrer Art erkennen oder wahrnehmen, so war dem Fährmann doch zu jeder Zeit bewusst, dass er eben genau dies war. Dabei waren es nicht die Dinge, die dem geneigten Betrachter sofort ins Auge fielen, wenn man einen Menschen beobachtet und seine Verhaltensweisen, seinen Charakter, seine Fähigkeiten kritisch oder voller Bewunderung beäugt. Es waren Kleinigkeiten. Kleinigkeiten, wie der traurige Blick beim Beobachten von Leid und Pein Anderer, das Warten auf den richtigen Moment, oder simpel ausgedrückt, die Eigenschaft, stets kühl und konzentriert einem Plan zu folgen, spontan auf Gegebenheiten reagieren und sich voll und ganz in eine Leidenschaft vertiefen zu können.

Charlie entwickelte sich mit der Zeit zu einem Menschen, der immer wusste was er wollte. Dies war, von Kindesbeinen an, auch bedingt durch das Erleben seines herzlosen, labilen Vaters, Gerechtigkeit zu fordern und einzufordern. Dafür lebte er und der Fährmann sah es.

Er sah es auch, dass Charlie sich verliebte. Dass Charlie oft in Gefahr war. Es gab eine Zeit, da wollte der Fährmann nicht länger warten, denn seine Neugierde, sein Willen, diesen Jungen und später diesen Mann an seiner Seite zu haben, trieb ihn. Fast in den Wahnsinn. Also versuchte er mehrfach, Charlie schon früh in seinem Leben von eben diesem zu trennen und es für die Menschenwelt wie einen Unfall aussehen zu lassen.

Als Charlie 11 Jahre alt war, beobachtete der Fährmann den Jungen, wie er auf einer Straße mit einigen Jungen Fußball spielte. Er wollte ihn zu sich holen, gierte und geiferte. Der Fährmann beschwor aus dem Nichts einen Wind herauf, der eine große, alte Eiche zum Umstürzen brachte. Sie sollte den Körper des Jungen zermalmen, denn diesen so dachte der Fährmann, würde Charlie im Jenseits nicht brauchen. Er würde ihm einen neuen Körper schaffen, einen angemessenen.

Der Baum fiel, doch Charlies Mutter hatte ihn zum Essen gerufen und genau in dem Augenblick, als der Junge sich zu seinem Elternhaus umgedreht hatte, krachte der Baum auf ein parkendes Auto. Charlie blieb vor Schreck wie angewurzelt stehen und konnte den Blick nicht von diesem hölzernen Riesen abwenden, der das Auto des Nachbarn zu einer kleinen Blechplatte zusammengepresst hatte. Ein Ast hatte sein Gesicht gestreift und diese Narbe behielt er Zeit seines Lebens, obwohl sie nicht sehr tief war...

Als der Baum geborgen wurde, kam ein großer schwerer Bagger zu Einsatz, der sich bei schlammigem Wetter tief in den erdigen Grund grub. Als der Bagger seine Arbeit erledigt hatte, lag dort etwas Metallenes im Boden. Eine Bombe aus Kriegszeiten. Zur Entschärfung der Bombe wurde ein gewisser Peter Blomquist gerufen, der als Spezialist auf diesem Gebiet galt, beim Kampfmittelräumdienst arbeitete und schon unzählige Bomben in seiner Laufbahn entschärft hatte. Diesmal ging es allerdings aus unerfindlichen Gründen schief und die kleine

Restladung an Schwarzpulver in der Bombe, die nach all den Jahren noch nicht feucht geworden war, zerriss ihm bei der Detonation den Brustkorb. Peter Blomquist war tot. Es war exakt an dem Tag geschehen, den der Fährmann 54 Jahre zuvor an seinem Kinderbett in Schweden festgelegt hatte…

Insgesamt sieben Mal versuchte der Fährmann auf eine solche oder ähnliche Art und Weise, durch Zufälle, Charlies habhaft zu werden, jedes Mal starben auch Menschen, allerdings nie Charlie, bis auf den letzten Versuch. Hier allerdings war der Fährmann anders vorgegangen.

Bei all seinen Bemühungen und Versuchen hatte er eine, von ihm bei Charlie als Charaktereigenschaft so vergötterte, Kleinigkeit übersehen: Durch sein jahrhundertelanges Wirken hatte er, bewusst und unbewusst, sich selbst bestimmte Regeln gesetzt. So war es ihm nicht möglich, Menschen einfach aus einer Laune heraus mitzunehmen. Nein! Durch die Besuche im Kindesalter schuf er Schicksale. Schicksale, die, einmal festgelegt, in jedem Fall genauso eintreten wie vorherbestimmt. Bei seinen ersten Versuchen wunderte es ihn noch, warum sich seine Pläne nicht realisieren ließen, immer schien irgendetwas Unvorhergesehenes zu passieren, etwas, das der Fährmann nicht einkalkuliert hatte. Etwas, das allerdings im Nachhinein Sinn ergab, weil er es genau so gewollt hatte. Der Fährmann lernte daraus und ging bei seinem letzten, erfolgreichen, Versuch, Charlie zu kriegen, anders vor. Er begann, wie ein Mensch zu denken.

Der Tag kam, an dem der Fährmann Julien, Phils Butler, holen wollte. Schon als dieser noch ein Junge gewesen war, wusste der Fährmann, dass dieses Kind keine rosige Zukunft vor sich haben würde. Er würde niemand sein, den die Menschen vermissten, wenn er ging, niemand, der seinen Fußabdruck auf dieser Welt hinterlassen würde. Er sah in die ausdrucksleeren Augen des Kindes und erblickte keine Besonderheiten, nichts von Belang. Er entschied den Jungen früh zu sich zu holen, um ihm Alter und Verbitterung abzunehmen, um ihm ein besseres Sein zu ermöglichen.

Julien begann zu trinken. Zu Beginn, als er jung war, tat er es gerne, doch je älter er wurde, umso mehr wurde es eine Sucht für ihn. Jeden Tag trank er. Trank er nicht, fehlte ihm der Rausch. Trank er, so fühlte er schreckliche Gewissensbisse, denn seine Eltern hatten ihn immer gewarnt. Was sie sagten trat schließlich ein: Juliens Körper wurde krank. Seine Organe versagten. Er versuchte es, so gut es ging vor seiner eigenen und Phils Familie geheim zu halten, doch dies wurde mit der Zeit immer schwerer und schwerer.

Eines Abends saß Julien in seiner Wohnung und trank wie gewöhnlich bereits die zweite Flasche als der Fährmann erschien, ihm eröffnete, wer er war und ihn, wie vorherbestimmt, mit sich nehmen wollte. „Du bist der Welt nicht mehr von Nutzen, dein Körper ist zerstört und niemand wird dich hier vermissen! Bei mir hast du es besser mein Junge! Komm mit mir! Sofort!"

Julien flehte und weinte, wimmerte und fauchte. Von Weinkrämpfen und Reue geschüttelt, flehte er den Fährmann an, ihn nicht mit sich zu nehmen. Er bot ihm seine Dienste an und versicherte ihm, dass er „alles tun würde, nur um leben zu dürfen". Da hatte der Fährmann einen Einfall.
„Du kannst tatsächlich etwas für mich tun Julien!", sagte der Fährmann. „Bring mir Charles Hemming, den Freund, deines Herren!" Julien war völlig entgeistert. Er sollte morden für diesen…diese…Gestalt? Der Fährmann konnte hören was er dachte, lächelte böse und flüsterte: „Bist du erfolgreich und Charles stirbt, dann schenke ich dir ein langes Leben! Nimmst du an?" „Ich muss darüber nachdenken…" flüsterte Julien, aufgelöst in Angstschweiß und Beklemmung. „Nein…", lachte der Fährmann. „Das musst du nicht… ich kenne dich und deine entsetzlich widerwärtige Angst, ich kann sie riechen, sie widert mich an!" Der Fährmann hob

seinen Finger und berührte Julien an der Stirn. Dieser hatte das Gefühl zu verbrennen und schrie, er wand sich und konnte dem Schmerz doch nicht entrinnen.

„ICH TUE ES!"

Der Fährmann hatte seinen Willen, er wusste nun, dass er Charlie mit an Sicherheit grenzender Wahrscheinlichkeit in seine langen, kalten Finger bekommen würde und er freute sich diebisch. Julien hingegen stellte, nachdem er sich beruhigt und seine Gedanken etwas geordnet hatte, die richtigen Fragen: Wieso gerade Charlie?"

Im Grunde fand der Fährmann, war es müßig diesem Mann, diesem elenden Trinker zu erklären, was seine Beweggründe waren. Trotzdem tat er es, wohl auch um sicherzustellen, dass es getan wurde. Durch Julien. „Er ist sehr wichtig für mich! Ich brauche ihn für das Gleichgewicht. Er ist besonders für mich, er ist wichtig für mich!" Julien gab sich mit dieser Antwort zufrie-

den und fragte weiter: „Wieso tust du es nicht selbst?" Der Fährmann schaute ihn verdutzt aus seinen dunklen, tiefen Augenhöhlen an: „Ich habe es versucht, doch ihm ist kein Sterbetag vorherbestimmt... bei ihm war alles anders als gewöhnlich..." Julien unterbrach ihn: „Du könntest ihn einfach im Schlaf mitnehmen, nachts, ohne Aufsehen! Er würde es gar nicht merken, er..."
„Nein! Ich selbst... möchte es nicht tun! Ich darf es nicht tun..." Er hielt inne, dann seufzte er und wirkte für einen Moment fast menschlich. „Ein Mensch muss es tun, er muss es mutwillig tun, er muss es mit Absicht tun! Er muss der Stein sein, der alles ins Rollen bringt! Das Gleichgewicht von Wut und Frieden muss bestehen bleiben..." Dann verschwand der Fährmann und Julien blieb ratlos zurück.

Julien blieb nicht nur ratlos zurück, er war völlig überwältigt von der Gefühlsmixtur, die sich jetzt in diesem Augenblick in seinem Herzen ausbreitete. Einerseits war er überglücklich, diese Möglichkeit bekommen zu haben und nach anfänglicher Skepsis, zuerst hatte er es auf den Alkohol geschoben, später hatte er sich mehrfach in den Arm gezwickt, ob er nicht doch träume, glaubte er dem Fährmann und akzeptierte für sich, was dieser ihm gesagt hatte. Auf der anderen Seite wollte er in keinem Fall zum Mörder werden und konnte es sich nicht vorstellen, Charlie, den er nun von Kindesbeinen an kannte, das Leben zu nehmen. Doch er stand unter Druck. Er musste liefern und Menschen, die unter Druck stehen, zeigen ihr wahres Gesicht…

Einige Stunden später war Julien an einem Punkt angelangt, an dem es für ihn kein Zurück mehr gab. Er hatte einen Plan und diesen galt es nun zu verwirklichen, so leidvoll und schmerzlich es ihm auch schien. Er wollte leben. Er wollte sich bessern. Er wollte Charlie nicht selbst töten. Jemand anderes musste es tun und Julien wusste ganz genau, wer das sein würde.

Er brauchte einen Mittelsmann. Ein Mann, der psychisch völlig labil war, immer wieder rückfällig wurde und in seinem Leben im Grunde nur in einer Disziplin glänzen konnte, nämlich der Gewalt gegen andere Menschen, war gerade wieder auf freiem Fuß. Sein letztes Opfer war ein kleines Mädchen gewesen. Ihr Name war Ella Brentson. Sie wurde erdrosselt. Kaltblütig ermordet, weil ihr Vater dem Mann kein Lösegeld zahlen wollte. Der Fall hatte die Stadt damals verrückt gemacht. Julien kannte den Mann. Er hatte eine gewisse Zeit im Gefängnis gesessen und war letztendlich in einer Nacht- und Nebel-Aktion mit vielen

Es war kinderleicht. Julien spürte den Mann in den kommenden Tagen auf und versprach ihm eine große Summe Geld. Er hatte viel von seinem Vater geerbt und da er bei Phil in dessen großem Haus sowieso freie Kost und Logis genoss, konnte er es sich leisten.

Der Name des Mannes lautete Peter Ewing und er freute sich zwar das versprochene Geld, vom Bankier Brentson, dem Vater von Ella, hatte er nichts erhalten, doch da war noch etwas anderes. Eigentlich hatte er das kleine Mädchen nicht töten wollen, doch für Gnade war in seiner Welt kein Platz. Charlie hatte ihn letztendlich geschnappt und ihm versichert, er würde alles in seiner Macht stehende tun, damit Peter nie wieder raus käme aus dem Knast. Damit hatte sich Charlie Peter zum Feind gemacht und Peter war hocherfreut, nun diese Gelegenheit geboten zu bekommen. Das Geld war im Grunde zweitrangig für ihn.

Von Phil, der zu Hause oft mit Julien über Charlie und das bevorstehende Treffen mit ihm gesprochen hatte, wusste Julien genau den Ort und die Zeit des Treffens. Es sollte der Stadtpark sein, es sollte spät abends sein. Phil hatte immer wieder erzählt, wie sehr die Arbeit Charlie mitnähme und dass er ihm vorkomme, wie Butter auf zu viel Brot verstrichen. Seine Arbeit nagte an ihm und er machte sich Sorgen. Phil hatte unter der Hand ein psychologisches Gutachten geschrieben und wollte er herausholen, Charlie so zum Urlaub zwingen, wenn er es für richtig hielt. Wenn der Zeitpunkt gekommen war.

An jenem Abend betrat Charlie den Park, er freute sich auf das Treffen mit Phil, hatte sich jedoch gewundert, warum es nicht auch eine Kneipe hätte sein können als Treffpunkt. Es war kalt, es war ungemütlich. Charlie brannte von innen. Phil war noch nicht da und deswegen lehnte sich Charlie gegen eine Laterne und schaute sich um. Der Park lag verlassen da. Rechts vor ihm, einige Meter entfernt, sah Charlie ein frisch angelegtes Blumenbeet, noch ohne Pflanzen darin. Die frische Muttererde schimmerte sanft im Licht der Laternen.

Gerade als Phil den Park von der anderen Seite her betrat und Charlie in der Mitte bei den Laternen erblickte, schlug Peter Ewing zu. Er hatte einen Baseballschläger dabei und schon mit dem ersten Schlag, feige von hinten auf den Kopf, brach er Charlie den Schädel auf wie ein hart gekochtes Ei. Die Wucht des Angriffs war so verheerend, dass Phil vor lauter Schreck nicht weitergehen konnte. Er musste das Massaker aus der Ferne mitansehen und konnte nicht verhindern, dass Peter seine Mordlust leidenschaftlich auslebte und mit Charlie anstellte was er wollte. Phil griff nicht ein. Warum er es nicht tat, wird sein Geheimnis bleiben, aber Charlie war tot.

Nach etwa einer halben Stunde der Verstümmelung ließ Peter endlich von Charlie ab und rannte, wohl wissend was er getan hatte, stolz darauf und in Vorfreude auf das Geld. Doch er bekam es nie. Als er sich in der Kanalisation verstecken wollte wartete dort bereits der Fährmann auf ihn, der das Verbrechen mit sehr gemischten Gefühlen beobachtet hatte. Einerseits war er froh, Charlie nun mit sich nehmen zu können, endlich nach so vielen Jahren, doch er fühlte sich auch seltsam beklemmt, als ob er durch Charlies Tod selbst einen sehr guten Freund verloren hätte…

Der Fährmann entschied sich deshalb auch für einen sehr theatralischen Auftritt und erschien

Peter in der Kanalisation als großes Ungetüm in schwarzem Gewand. Nach dem Schreck seines Lebens wurde Peter Ewing vom Fährmann mitgenommen und seine Leiche verschwand. Sie wurde nie gefunden.

Etwa zur selben Zeit musste sich der Fährmann um Phil kümmern, der mittlerweile direkt über Charlies übel zugerichteter Leiche stand und fassungslos vor sich hin starrte. Es lag auf der Hand, dass Phil den Vorfall vergessen musste, denn die Menschen würden es nicht verstehen, Phil würde es nicht verstehen und seine Zeit war noch nicht gekommen, weshalb das Vergessen, die einzige Möglichkeit war, eine Sinnhaftigkeit zwischen allen Dingen herzustellen.

Leise und ohne die übliche Kälte, die Beklommenheit und Angst, die sich sonst in den Menschen ausbreitete, wenn der Fährmann auftrat, schlich er sich von hinten an Phil heran und berührte ihn mit einem seiner langen, dünnen und kalten Finger.

Auf Phils Gesicht breitete sich eine wohlige Entspanntheit aus, wie nach der Einnahme eines sehr starken Schmerzmittels. Der Fährmann flüsterte etwas Undeutliches. Nur Phil konnte es verstehen. Er vergaß alles was er gesehen hatte und verspürte plötzlich ganz intensiv den Wunsch, nach Hause zu gehen, mit niemandem mehr zu sprechen und sich in sein Bett zu legen. Am nächsten Tag sollte er wie gewöhnlich zur Arbeit gehen.

Der Moment, in dem der Fährmann Phil berührt hatte, schuf eine Verbindung zwischen den beiden. Sie äußerte sich in Phils Leben auf vielfältige Arten. Das erste Mal konnte man es auf Charlies Beerdigung sehen. Der Fährmann sprach aus ihm, als er wieder einmal, tobend und fauchend, nicht in der Lage war Charlie für sich zu haben. Dabei hatte er ihn im Grunde schon. Doch selbst für die sieben Tage Aufschub, die Charlie bekommen hatte, konnte der Fährmann nicht die nötige Geduld aufbringen. Er wollte ihn, er brauchte ihn so sehr...

Sieben Tage später fand sich Charlie in diesem Park wieder. Er war von Phils Haus auf direktem Weg in den Park gegangen und wartete nun hier auf den Fährmann. Phil hatte sich etwa zur selben Zeit in den Park begeben und Charlie erblickte ihn sofort, nachdem er sich auf die, seine, Bank gesetzt hatte. Der Fährmann war zwar gerade nicht dort, doch durch Phils Augen beobachtete er die Szenerie. Phil war einem inneren Drang gefolgt. Er war sich eigentlich nicht so recht im Klaren darüber, was er hier eigentlich wollte aber sein Gefühl sagte ihm, dass es richtig war.

Als Charlie Phil erblickt hatte, stieg für einen Augenblick Wut in ihm auf. Wut darüber, dass Phil ihn getötet hatte, wie er glaubte, nur um in Frieden mit Isabella leben zu können. Nur, um ihm seine Tochter zu rauben, sein Leben. Diese Emotion verflog jedoch schon nach kurzer Zeit wieder und er entschloss sich im Reinen aus dieser Welt zu scheiden. Ändern konnte er es sowieso nicht mehr. Und er wollte nicht Gleiches mit Gleichem vergelten.

Er ging Phil entgegen und blieb etwa einen Meter von ihm entfernt vor ihm stehen. Der Fährmann spürte, dass dies der richtige Augenblick war, um Phil im wahrsten Sinne des Wortes, die Augen zu öffnen. Er übertrug seine Gabe, tote Menschen sehen zu können in sehr begrenztem Maße auf Phil und dieser konnte Charlie sehen. Eben hatte er noch die Augen geschlossen und tief die Luft durch seine Nasenlöcher eingesogen, um im nächsten Moment, als er die Augen wieder öffnete, Charlie direkt vor sich zu sehen.

Er reagierte fassungslos: „Cha? Wie...? Ich..?" Charlie hatte bemerkt was passiert war, denn auch er war in gewisser Weise verbunden mit dem Fährmann. Er besänftigte seinen alten Freund: „Phil... ganz ruhig, alles ist gut! Du bist hier und ich... ich bin eben auch hier. Lass dir jedoch versichert sein, dass ich so tot bin, wie es nur irgendwie möglich ist." Charlie lachte laut. Er fühlte sich befreit. „Ich habe die letzten Tage viel Zeit in deiner Nähe verbracht und ich bin mir sicher, dass alles gut so ist wie es ist." Phil begann zu schluchzen und lehnte sich, von Weinkrämpfen geschüttelt an die Schulter seines besten Freundes. Seines Rückhalts. Seinem Vertrauen. „Es ist schon gut mein Freund!", sagte Charlie und tätschelte Phils Schulter, „Du sollst weiterleben! Tue das, was ich nicht konnte! Lebe mit Isabella, lebe mit Emily, sorge dafür, dass sie beide ein gutes Leben haben!" Phil weinte noch heftiger. „Tu mir diesen Gefallen, ich stehe in deiner Schuld nehme ich an..." Charlie lächelte und Phil starrte ihn aus tränenunterlaufenen Augen heraus an. „Ich wollte nicht...ich...wollte das alles nicht, es war ein Unfall, ich konnte nicht wissen..." „Lass es gut sein Phil!", unterbrach ihn Charlie scharf und wechselte danach sofort wieder in eine sanftere Stimmlage: „Du warst mir ein Leben lang ein guter Freund, ohne dich wäre ich nicht gewesen, wer ich war, ohne dich gäbe es mich nicht...." Phil nickte. „Du hast mir alles gegeben Charlie und..." Schhhh" zischte Charlie und erreichte was er wollte, Phil verstummte. Dann umarmte Charlie ihn. Fest.

Die beiden Männer standen noch eine ganze Weile so da und hielten die Augen geschlossen. Sie genossen die Nähe des Anderen und brauchten nichts mehr sagen. Nach einer gefühlten Ewigkeit öffnete Phil die Augen und wollte sich verabschieden, doch Charlie war verschwunden. Er konnte ihn nicht mehr sehen und spüren konnte er ihn auch nicht mehr. Phil nickte. So musste es wohl sein. Er wollte nicht alles wissen. Er musste nicht alles wissen. Er drehte sich auf dem Absatz um und schritt in Richtung des Parkausganges. In Gedanken versunken drehte er sich am Ausgang des Parks an der Straße noch einmal um und blickte zurück. Ihm wurde klar, dass Charlie ihm fehlen würde, dass er eine große leere in seinem Leben haben würde, die nicht zu füllen war. Er seufzte und setzte seinen Weg fort. Er wusste es. Es war was es immer gewesen war: Eine Freundschaft über den Tod hinaus. Phil war froh, so etwas erlebt zu haben und schloss dieses Kapitel für sich.

SO GUT WIE TOT

Charlie hatte mit der Zeit, in der er tot gewesen war, oder sich zumindest so fühlte, feststellen können, dass er, je länger dieser Zustand andauerte, mehr und mehr zu völliger innerer Ruhe fand. Vor allem nach dem Abschied von seiner Tochter konnte er dieses Gefühl, diese Wandlung in sich voll und ganz spüren und nachvollziehen. Seine zu Lebzeiten oft aufbrausende Art, seine Ungeduld und der Drang, es allen Recht machen zu wollen oder gar zu müssen, war immer mehr einer warmen und wohligen Zufriedenheit gewichen. Als Charlie jung war, hatte seine Großmutter ihm immer geraten, er möge „doch bitteschön alles daran setzen, schnellstmöglich seine innere Mitte zu finden…" Charlie hatte auf diese Phrase der alten Frau, die er zeitlebens abgöttisch geliebt hatte, stets geantwortet: „Dann habe ich ja noch Zeit…es ist mir einfach noch nicht möglich…" Dann hatte er gelacht und seine Großmutter hatte nur lächelnd den Kopf geschüttelt.

Nach seinem Tod jedoch, war es Charlie möglich so zu sein, wie er es immer wollte. Ruhig, abgeklärt und in sich ruhend. Ob die Gesellschaft diesen Zustand nicht zugelassen hatte oder ob er oder seine Mitmenschen daran einen größeren Anteil gehabt hatten, wusste er nicht und wollte er auch nicht wissen. Sein Tod war geschehen und nun wusste er auch weshalb. Anscheinend waren Tugenden, die als solche wohl kaum zu bezeichnen waren und vor Jahrhunderten von der Kirche auch als sogenannte „peccatum mortiferum - Todsünden" gebrandmarkt wurden, wie Neid und Wollust, Mord und Zorn auch über die Schwelle des Todes hinweg ausgeübt worden. Anscheinend waren Menschen sehr anfällig für die Kontrolle durch andere - nicht nur durch andere Menschen, auch und vor allem durch andere Kräfte wie beispielsweise den Lebenskreis, unsichtbar, doch immer da und die Hand des Fährmanns. Sie alle hatten eine Schwachstelle und derjenige, der mit ihnen spielen wollte, musste diese nur finden.

Charlie wusste nicht recht, ob er dem Fährmann zornig oder dankbar gegenübertreten sollte. Sicherlich hatte er dafür gesorgt, dass sein Leben so abrupt endete, jedoch konnte Charlie ihm nicht den Vorwurf machen, er hätte dadurch etwas verpasst. „Ganz im Gegenteil", sagte Charlie laut zu sich selbst, als er sich auf die Parkbank in den Park setzte, in dem er gestorben war. „Betrachtet man es aus dieser Perspektive, war der Tod im Grunde eine einzige Bereicherung für mich, denn so..." Er brach ab und sah auf. Ein gleißend helles Licht war am anderen Ende des Parks erschienen, die Laternen waren verloschen. Exakt sieben Tage waren vergangen, seitdem sich Charlie hier wiedergefunden hatte, tot und völlig verwirrt. Soviel Wissen war ihm zugefallen, von so vielen Menschen hatte er sich noch im Stillen und für sich verabschieden können, so manches wusste er jetzt über die Menschen die ihn begleitet hatten über so viele Jahre und über die größeren Zusammenhänge dieser Welt...

Das gleißend helle Licht am anderen Ende des Parks kam langsam näher, es hatte mittlerweile die Form eines glühenden Balles aus Gas angenommen und schien sich hüpfend und springend fortzubewegen, genau auf Charlie zu. Mit diesem faszinierenden Licht ging eine eisige Kälte einher und es schien, als wenn die Kugel mit stampfenden Schritten auf dem kühlen Boden des Parks begleitet wurde. Charlie konnte sich denken, was nun geschehen würde.

Seine Zeit war um. Der Fährmann kam, um ihn zu holen.

Charlie entschloss sich die Augen zu schließen und diese, seine letzten Momente auf der Erde, zu genießen. So nahm er absichtlich keine Notiz von der näherkommenden Lichtquelle und auch nicht von den lauter werdenden Schritten im nun eiskalten Grund. Charlie hatte das Gefühl, als bekäme das geflügelte Wort „das Leben an sich vorbeiziehen sehen" in diesem Augenblick eine für ihn ganz eigene Bedeutung. Vor seinem inneren Auge verschwammen und schärften sich Erinnerungen in Bildform in rasantem Tempo. Seine Augen zuckten unter den geschlossenen Lidern, um, so unwahrscheinlich es auch sein mochte, möglichst viele oder gar alle Sinneseindrücke einzufangen und zu konservieren. Er sah seine Mutter, wie sie sich liebevoll über ihn beugte. Sah sich bei seinem Abschlussball mit Bella tanzen. Er fühlte die Wonne beim ersten Anblick seiner Tochter und konnte den Schmerz nachfühlen, sie nun endgültig alleine durch diese Welt gehen lassen zu müssen. Er sah den Scheidungsanwalt, wie er mit erhobenem Zeigefinger drohte, er werde Charlie auseinandernehmen, sollte er nicht einlenken. Er sah sich selbst bei unzähligen Mordfällen mit der Akte am Schreibtisch sitzen und zuletzt sich selbst, wie er mit zerschmettertem Körper in frischer Muttererde lag. All das schien so weit entfernt zu sein, die Gefühle erkalteten und doch hatte Charlie, so wusste er jetzt, den Sinn seines Seins erst jetzt im Tod vollkommen verstanden. Als er die Augen wieder öffnete, atmete er tief ein und sah den Fährmann wie er ruhig und schief grinsend vor ihm stand. Neben ihm schwebte die Sanduhr, in der der grüne Sand nun vollständig in die untere Kammer gelaufen war. Die obere Kammer war leer.

„Deine Zeit ist gekommen! Zeit ist vergangen, seitdem du hier gestorben bist. Zeit die ich dir gewährt habe. Eine …" Doch Charlie unterbrach ihn: „Alter Mann, bevor du mich mitnimmst, möchte ich dir noch eine Frage stellen…" Der Fährmann schaute verwundert, wenn man das überhaupt sagen konnte, denn die kalte graue Maske mit den beiden Stecknadelköpfen, die wohl seine Augen waren, ließ wenige bis keine Gefühlsregungen erahnen. Tatsächlich beugte der Fährmann sich leicht vor, sog prüfend die kalte Nachtluft ein und flüsterte: „Du bist ein sehr neugieriger Mensch Charles… Es ist mir ein Rätsel…"

Charlie musste lachen. „Ich habe doch meine Frage noch gar nicht gestellt und schon bist du ratlos?" Er gluckste. Überrascht ob der lockeren Art mit der Charlie mit ihm sprach zog der Greis die Schultern etwas hoch und atmete rasselnd ein, ehe er den Scherz überging und leise, jedoch in drohendem Tonfall sagte: „Stell deine Frage!"

Charlie hatte sich in der letzten Woche sehr danach gesehnt diese Möglichkeit zu erhalten und freute sich wie ein Kind, dass sein Wunsch nun Wirklichkeit wurde. Er räusperte sich und stellte ruhig aber bestimmt eine Frage, die ihn im Grunde, das wusste er jetzt, sein ganzes Leben lang begleitet hatte:

„Was ist der Sinn des Lebens?"

Auf die Antwort wartend und nun völlig angespannt saß Charlie da und hoffte seine Annahme nun bestätigt zu wissen. Der Fährmann lächelte. Er wusste gar nicht mehr genau, wie oft ihm diese Frage schon gestellt worden war. Von Philosophen, Politikern und großen Wissenschaftlern in der Menschenwelt. Er war etwas überrascht, diese Frage nun von Charlie zu hören, da er zu wissen glaubte, dass dieser die Antwort auf seine Frage schon längst kannte. Noch dazu war Charlie keine einflussreiche

Person in der Welt der Menschen gewesen, sondern nur ein ganz normaler Mann. Und irgendwie doch nicht so normal, wie es schien. Der Fährmann lächelte, denn er fand, dass seine Wahl die richtige gewesen war.

„Der Sinn des Lebens lieber Charlie entspricht nicht der Suche nach einem perfekten Ganzen oder dem Zusammenspiel aller möglichen guten Eigenschaften eines Lebens und dem Erreichen dieser. Der Sinn des Lebens ist vielmehr ein Gefühl, das jeder einzelne Mensch für sich entdecken muss…" Charlie hörte angestrengt zu und hatte doch immer mehr das Gefühl als würde er schläfrig werden und sich nicht mehr konzentrieren können. „Der Sinn des Lebens ist ein Gefühl. Die Gabe der Menschen zu fühlen und das Gefühlte zu reflektieren ist etwas Einzigartiges. Ist dir nie in den Sinn gekommen, welch große Leistung es ist, dass ihr Menschen Denken und Fühlen könnt? Ob ihr Menschen nach einem Sinn in eurem Leben streben müsst, weiß ich nicht und ich habe diese ewige Suche nie wirklich verstanden, denn es ist doch so offensichtlich, was wirklich hinter alldem steckt..."

Charlie atmete tief. Seine Augenlider wurden immer schwerer und es war ihm als könne er sie keinen Augenblick länger offenhalten. Eine wohlige Wärme breitete sich in ihm aus und erfüllte ihn bis in die Fingerspitzen. Er fühlte sich wunderbar warm und frei in diesem Moment, doch der Fährmann hatte weitergesprochen.

„Sinn macht ein Leben erst, wenn es zu Ende geht mein alter Freund. Sinnhaftigkeit ist etwas, das man erst im Nachhinein feststellen kann. So werden die Menschen also ewig suchen und nicht finden, denn ob ihr Leben Sinn ergab oder welchen Sinn ihr Leben für andere und für sie hatte, werden sie erst feststellen können, wenn sie nicht mehr leben und macht das ganze denn dann noch Sinn?"

Der Fährmann lächelte. Charlie schien nicht bemerkt zu haben, wie er immer weiter abglitt und die ruhige Erzählstimme des Fährmanns nunmehr nur noch in seinem Kopf hören konnte. Er hatte nicht bemerkt, wie er von der Bank auf der er saß aufgestanden war und vor den Fährmann getreten war, die Augen geschlossen und den Mund zu einer seltsam lächelnden Grimasse verzogen.

„Das Leben wird für die Menschen ein Mysterium bleiben Charles. Sie werden es versuchen biologisch zu erklären. Sie schaffen sich spirituelle Schlupflöcher, um dieses Meisterstück, das Leben, zu begreifen. Doch sie wissen nicht."

Charlie hatte nun das Gefühl zu träumen. Außerstande etwas zu sagen, geschweige denn seine Lippen zu bewegen, hatte er das Gefühl zu schweben und wollte in diesem einen, besonderen Moment nichts anderes.

„Wenn du für dich den Sinn des Lebens erkannt hast Charlie, so ergibt dein Leben einen Sinn. Das Streben nach diesem Sinn ist jedoch äußerst verwerflich, denn war das Leben vor dieser Sinnerkenntnis wirklich sinnlos? Bestimmt nicht..."

Der Fährmann flüsterte nur noch. Er hatte Charlie ganz nah zu sich herangezogen und sprach mit dem gurgelnden Abgrund, der wohl seinen Mund darstellen sollte, direkt in Charlies Ohr:

„Du hast mich auf eine Art und Weise fasziniert, die ich vorher nicht kannte, seitdem du mich vor so langer Zeit im Kinderbett in deinem Zimmer hast stehen sehen. Du bist mein menschliches Meisterstück und daher war es nur logisch, dass ich dich ganz für mich allein zu mir zurückhole. Die Welt der Menschen wird sich weiterdrehen Charlie und wenn sich in zehn Jahren noch Menschen an dich erinnern, wirst du weiterleben in ihren Herzen. Aber wirklich bei Ihnen sein wirst du nicht. Weil du bei mir bist..."

Charlie schreckte leicht auf und Verständnis füllte ihn aus. Wer auch immer dieser Kreatur, dieser Gestalt eines alten Mannes, die Aufgabe übertragen hatte, für den Tod von so vielen Menschen verantwortlich zu sein, musste vergessen haben, welche Last mit einer solchen Aufgabe einhergeht. Charlie hatte Verständnis und erkannte einen Sinn. Der Fährmann hatte ihn getötet und das war auch gut so. Er konnte damit leben, so seltsam diese Formulierung in diesem Zusammenhang auch anmuten mochte.

„Ich habe dich getötet, weil ich dich brauche. Du bist ein Teil meiner Existenz Charles. Du bist das, was mir gefehlt hat. Ein Sinn. Du wirst es gut haben bei mir… Du wirst meine Aufgabe weiterführen… Vieles ist besser als das Leben…" Und Charlie flüsterte: Aber nichts ist so gut wie der Tod…"

Dann entschwand Charlies Geist und ihm war als würde er einschlafen. Ruhig und besonnen und beseelt vom Glück der Erkenntnis. Er hatte es doch geahnt. Und für ihn machte es durchaus Sinn. Stille.

EPILOG

Nun ist es bereits mehr als 15 Jahre her, dass mein Vater ums Leben kam. Ja, ich sage mit Absicht 'ums Leben kam' und nicht 'getötet wurde'. Bis heute sind die Umstände seines Todes nicht aufgeklärt. Sein Mörder wurde nie gefunden. Zwei Jahre nach seinem Tod wurde die Akte geschlossen. Meine Mutter kehrte mit mir bald nach seinem Tod aus Indonesien zurück und sie blieb bei Phil. Heute leben sie zusammen in ihrem neuen Landhaus und ich muss sagen, dass er mir ein liebevoller Vater-Ersatz war.

Es ist ausgeschlossen, dass ich ihn 'Papa' nenne, aber er hat sich Mühe gegeben, das muss man ihm lassen. Meine Mutter und er sprechen so gut wie nie über meinen Vater. Ich weiß, dass sie sich oft wünscht, dass Phil so zu ihr ist, wie mein Vater es war, als sie beide frisch verliebt waren. Sie sagt oft, dass sie nie mehr so glücklich gewesen sei, wie zu dieser Zeit. Phil weiß und akzeptiert das.

Sie werden sich fragen, wieso ich diese Geschichte aufgeschrieben habe. Nun für mich, die ich meinen Vater nie mit vollem Bewusstsein wahrgenommen habe, schließt sich mit dieser Geschichte ein Kreis. Ich kann abschließen mit ihm. Mutter sagt oft, dass er schon zu Lebzeiten nie für mich da gewesen war. Dass die Arbeit immer wichtiger war für ihn. Dass auch sie zu kurz kam.

Ich möchte das alles nicht glauben, ich möchte mir ein eigenes Bild von meinem Vater machen. Wenn ich sie fragte, wie er war, fielen oft die Worte „verbissen", „gehetzt", „eigensinnig". Da diesen Worten im Allgemeinen eine negative Bedeutung beigemessen wird, erstaunt mich ihre Verwendung im Zusammenhang mit meinem Vater. Denn wenn zur Beschreibung seines Charakters nur und ausschließlich negativ behaftete Wörter herangezogen werden, wie großartig, liebevoll und fürsorglich muss er ansonsten gewesen sein, um in meiner Mutter ein so lange währendes und ausfüllendes Gefühl von Liebe zu erzeugen?

Auch Phil hatte es oft nicht leicht. Freunde von ihm erzählten mir, dass er stets im Schatten meines Vaters gestanden hatte, immer so sein wollte wie er und das haben wollte, was er gehabt hatte. Mit meiner Mutter hatte er das geschafft. Im beruflichen Leben blieb es ihm versagt. Nie hat er die Stelle meines Vaters einnehmen können.

Wenn ich heute durch den Park gehe, in dem die Leiche meines Vaters gefunden wurde, so bin ich mit Dankbarkeit erfüllt. Dankbar dafür, dass es ihn gab. Dankbar dafür, dass er meine Mutter zumindest für eine Zeit lang sehr glücklich gemacht hat. Ja sogar ein wenig dankbar dafür, dass ich ihm ähnlich sehe. So sagt Phil zumindest manchmal. An der Stelle des alten Beets, steht nun ein kleines Denkmal für die ermordeten Polizisten der Stadt. Ganz unten steht auch der Name meines Vaters: Charles C. Hemming

In der Woche nach dem Tod meines Vaters, so konnte man später in den Zeitungen lesen, starb kein Mensch in der Stadt. So etwas hatte es seit Beginn der Aufzeichnungen noch nie gegeben. Wieso dies geschah oder eben nicht geschah, konnte sich kein Mediziner erklären. Die Menschen starben einfach nicht. Viele gesundeten, einigen wurde wesentlich mehr Zeit geschenkt, als die Ärzte angenommen hatten. Seltsam war das alles…

Viele Menschen berichteten in der Woche nach dem Tod meines Vaters von seltsamen Begebenheiten. So erzählten manche, sie hätten sich seltsamerweise oft beobachtet gefühlt. Einige hatten das Gefühl berührt worden zu sein und manche schworen, übersinnliche Begegnungen gemacht zu haben. Der ehemalige Kollege meines Vaters, ein gewisser Greg war erst neulich bei mir und erzählte mir in völliger Überzeugung von einem sehr seltsamen Vorfall vor 15 Jahren. Ich hatte ja selbst auch so ein Erlebnis. Ich erinnere mich, dass an einem Abend in der Woche nach dem Tod meines Vaters, seine frühere Arbeitskollegin Tante Elli vorbeigekommen war und erzählt hatte, sie würden Alpträume quälen. Auf die Frage meiner Mutter, welche Art von Träumen sie denn meine, errötete sie und wechselte rasch das Thema.

Wie gesagt, ich habe diese Geschichte aufgeschrieben, um reinen Tisch zu machen. Um nach vorne schauen zu können. Ich kann Ihnen nicht mit Sicherheit sagen, dass sich die Geschichte meines Vaters genau so zugetragen hat, wie ich sie beschrieben habe. Aber ich möchte es gerne glauben.